SYLVAIN

Lou Valérie Vernet

SYLVAIN

© 2024, Lou Valérie Vernet
Édition : BoD · Books on Demand,
31 avenue Saint-Rémy, 57600 Forbach,
bod@bod.fr
Impression : Libri Plureos GmbH,
Friedensallee 273, 22763 Hamburg (Allemagne)

ISBN : 978-2-3225-5844-5

Dépôt légal : Mai 2025

*Les fous passent,
La folie reste.*
Sébastien Brant.

Les fous du passé sont les sages de l'avenir.
Alexandre Vinet

Prologue

On voit nettement sur le cliché, pourtant vieilli, à demi effacé, qu'il s'agit d'une chaise de fer blanc, posée sur un pont, dangereusement collée au rebord, juste au-dessus d'une grande route. Une simple chaise, pliable, ajourée d'un cœur sur l'assise et le dossier, certainement une chaise de jardin qui n'a rien à faire ici.

L'histoire rapporte que tous les jours pendant 47 ans, entre 18h et 21h, un homme est venu s'y asseoir. À chaque fois il a porté la chaise de chez lui jusqu'au pont, il a marché lentement puis de plus en plus graduellement, avec l'âge et le poids du chagrin qui n'ont rien allégé du tout. Au contraire ! Un poids qui n'a cessé de le vouter jusqu'à ne plus pouvoir la porter mais devoir la trainer sur près de 3,650 kms, porte à porte, ou plutôt jardin à viaduc.

Dépliée à exactement 53 mètres du début du pont ; l'homme avait fait quelques calculs savants, testé plusieurs angles puis il avait choisi un point et n'en avait plus bougé des années durant, chaque jour, entre 18h et 21h, il venait s'échouer là et restait assis, le plus souvent le dos raide, les mains croisées sur sa poitrine, à contempler la grande route.

Tout le monde a pensé qu'il allait sauter, fatalement un jour ou l'autre, il aurait le courage de faire plus que de creuser ce grand vide devant lui. 4 mètres 30 de hauteur, c'était plus qu'il n'en fallait pour lui briser la nuque, finir d'aplatir son corps devenu sec, quasi translucide, et éteindre la dernière flamme qui tentait désespérément d'éclairer au loin un retour impossible.

Certains ont bien essayé d'empêcher ce funeste rituel, on a dépêché ses amis les plus proches, le Maire de sa commune, sa fille, ce qu'il lui restait de famille, un cousin à ce point éloigné qu'il n'est hélas jamais venu et même en dernier ressort, les gendarmes, sans autre résultat que de renforcer son entêtement et sa royale indifférence à toute forme de menace.

Alors on l'a laissé faire comme on avait laissé faire le reste et chaque jour il est revenu, chaque jour il a attendu, jamais il n'a sauté.

Dans le village, l'histoire a traversé les décennies sans atténuer la curiosité morbide et les interprétations farfelues. Suicide, meurtre, envoutement, apparition n'en sont que les plus simplistes, à priori personne n'a jamais eu le fin mot de l'histoire.

La chaise, un jour, a disparu et pourtant, si on regarde bien, si on refait le chemin, on voit encore l'empreinte de ses quatre pieds, exactement à 53 mètres du début du pont, ces quatre alvéoles creusés d'attente, de douleur, de regret, d'espoir, de souvenirs ressassés, courant entre les voitures, filant à vive allure, sans même ralentir, alors même que parfois, l'homme se penchait si fort en avant, qu'on l'aurait dit suspendu dans le vide, retenu à un fil, un fil invisible, ténu et cependant solide dont la mémoire persiste encore aujourd'hui.

DIMANCHE

*C'est toujours dans les yeux
que les gens sont les plus tristes.*
La vie devant soi. Romain Gary.

Lui

Le gamin est étendu là, à ses pieds, touchant le bout de sa chaussure, ventre contre terre, bras et jambes à la façon d'une étoile de mer. L'horizon bas, appesanti de nuages lourds, gris et noirs, semble poser sur lui, le cercler ou bien le contenir comme si le ventre du ciel venait d'en accoucher et qu'il lui faille l'emmailloter de toute sa vapeur blanche.

Le corps nu, auréolé de condensation, n'est visible que lorsqu'on arrive à sa hauteur, qu'on bute dessus. Un objet inanimé qui arrête l'élan, bloque le pas et oblige à baisser le regard. Alors une forme apparaît, incongrue sur cette terre glacée, nivéenne, en plein milieu de ce champ. Rien d'agreste là-dedans mais bien une silhouette dont on devine après coup qu'elle est humaine même si l'image de l'étoile de mer persiste.

Torse gonflé d'eau et membres écartelés.

Aussitôt la vision stabilisée, l'assimilation faite, l'homme qui vient d'en faire l'expérience s'en écarte, recule, réfléchit et même, carbure à plein régime.

Le gamin est mort, c'est un fait certain. Quand en marchant, et sans le voir, le bout de sa chaussure l'a heurté, il a senti une masse entrer en résistance, un bloc gelé qui a vibré contre ses Meindl, son regard a fouillé le sol et au-delà du corps disloqué, le regard vide du jeune homme ne lui a laissé aucun espoir.

A peine 20 ans et déjà toute sa vie derrière.

Aussitôt l'homme a pensé *Voilà que la chienne de Mort est revenue* alors même qu'il s'en était écarté, loin, très loin, depuis quatre ans, alors même qu'il marchait en plein hiver, dans ce pacage laissé à l'abandon, à des centaines de kilomètres de son passé, de ce qu'il avait fui, de ce à quoi il ne voulait plus être confronté.

La chienne de Mort était revenue.

Bien sûr qu'il lui donnait de la Majuscule à cette engeance, elle avait tout pouvoir, tout le temps, quoi qu'on fasse elle gagnait et une fois encore, elle l'avait rattrapé.

Il avait beau envisager divers *scénarii* comme celui de déguerpir au plus vite, prévenir les secours anonymement, faire comme s'il n'avait jamais failli marcher sur un macchabée, il savait que la trêve était finie, que le reflux du monde venait à nouveau de salir cet endroit où il avait passé tant d'heures à s'imaginer que l'humanité puisse guérir, être heureuse, vivre en paix.

D'autant plus quand, dans les minutes suivantes, l'Inclus* revenait le harceler alors même que lui aussi, il le croyait disparu.

---

* l'Inclus : Nom que donne le héros à son intuition et qu'il matérialise en roulant des cigarettes qu'il ne fume mais qu'il disperse au gré de ses enquêtes.

Pierre

Cet homme qui bute, effaré et confus, c'est Pierre Blondin dit la Carpe et donc par extension, dit aussi le taiseux.

La quarantaine légèrement passée, plutôt bel homme, le crin blanc et une dégaine à la Gérard Lanvin dans ses meilleurs jours, ce qui dans le contexte actuel n'est déjà plus le cas.

Ex-flic, ex-détective privé et depuis sa dernière enquête, quasi ex-homme, en total rejet de ce monde sans foi ni loi. Fatigué, déçu et surtout impuissant alors même que Paris flambait sous ses yeux et qu'il avait compris que tout ça n'était plus de son ressort. Quatre ans plus tôt, soit un an après la fin des événements, il avait littéralement *jeté la Pierre à la face du monde*. Expression vainement satirique de son ex-collègue Bastien, capitaine au Bastion, tragi-poète à ses heures et surtout abattu *de le voir jeter l'éponge* après tant d'années de bons et loyaux services comme le dit l'adage mais qui, comme chacun sait, surtout Pierre, s'avérait tout sauf vrai. Lequel Pierre, en bout de course, d'espoir, de rédemption, avait murmuré, essoufflé *Que reste-t-il encore de loyal quand les hommes meurent autour de vous alors que vous êtes censé les protéger ?*

La question ne se pose pas, il y a trop de vent, avait tenté de biaiser Bastien mais ce soir-là, le subterfuge Allaisien n'avait plus suffi, il avait fallu se rendre à l'évidence.

Jeter l'éponge pour Pierre Blondin s'était soldé par quitter son métier de détective privé, fuir la capitale, s'éloigner de ses amis (excepté Bastien, de temps à autre… enfin, plutôt à autre !) et se réfugier ici, dans un village reculé de la Marne, c'est-à-dire en pleine cambrousse, au milieu de nulle part et de déjà dire ça, c'était faire l'éloge d'un trou à rat qui, de surcroit, en plein hiver, pouvait donner l'envie de se pendre, et pour certains, de finir en étoile de mer.

En arrivant ici, il y a déjà quatre ans, il n'avait pas vraiment choisi, il avait laissé faire l'agent immobilier qui lui avait trouvé *ce coin reculé, comme vous m'avez demandé, une maison de plain-pied, et rien autour.* Ah ça oui, il avait été servi, comme une destination prédestinée à tous les deuils engendrés par l'infamie du monde, le village de Pleurs portait bien son nom.

L'Inclus qui, aussitôt découvert le cadavre, revient le harceler, c'est ce qu'il redoutait le plus de voir réapparaitre un jour ou l'autre. Cette part en lui, intuitive, sensorielle, instinctive qui renifle le traquenard à des kilomètres à la ronde et qui sans rien nommer, lui indique qu'il ne faut pas se fier aux apparences, que ce jeune gars mort en plein champ grouille d'emmerdes et que lui, la Carpe, va devoir s'y coller.

Et le voilà, des années après avoir jeté l'éponge, à devoir chercher un paquet de tabac afin de rouler sa première cigarette, celle qui donne le roulement de tambour à toutes ces enquêtes et les suivantes au fil de ses investigations, jusqu'au dénouement, avec toujours le pari de savoir combien il en faudra pour rendre à ce petit gars, son histoire, sa dignité, le droit de reposer en paix.

C'est l'Inclus qui l'a exhorté à ne pas fuir, à appeler derechef les secours, à se porter témoin alors qu'il n'a rien vu. L'Inclus qui sait que la récréation est finie. Comme si, ça y est, la vie avait décidé de remettre Pierre sur les rails, dit qu'il était temps d'arrêter de baguenauder pour rien et de reprendre du service, comme si elle avait orchestré cette triple convergence : la mort du gamin, la fin de son veuvage du monde et l'arrivée de Bastien.

Car enfin quoi ! Quelques heures plus tôt, le voilà qui marchait comme chaque jour - pas le même chemin, il y en avait tant dans les environs, il n'y avait même que ça, des sentes, des allées, des venelles, des cavets, des lacets et Dieu sait quoi encore, qui traversaient la région de part en part – mais il marchait, tranquille, confiant, même si on n'y voyait pas à trois mètres, il était serein. Depuis quatre ans, la vie à l'intérieur de lui reprenait laborieusement ses droits, il se lavait de toutes ces turpitudes, dans chaque foulée, il allégeait son corps et sa tête et son cœur de tout ce que le malheur y avait fourré d'empesé. Bien sûr que non, il ne s'attendait pas à presque s'échouer dans les bras d'une étoile de mer quand bien même - et là il pensa à son ami Bastien – il supposerait l'image flatteuse.

Ainsi il se retrouvait, de son fait, par son seul choix, de nouveau présent, le mauvais jour, au mauvais endroit. Précisément le jour où Bastien qu'il n'a pas revu depuis des mois déboulait avec toute la cavalerie, sa femme Julie et leur fils, Marc-Antoine dont il est devenu le parrain sans le vouloir vraiment. Toute la famille au grand complet pour un séjour d'une semaine, au beau milieu d'un crime, parce que c'en est un, ce corps nu, à demi gelé, face contre terre.

Ce jeune gars, aux yeux noir corbeau, sans papier, ni tatouage, ni bijou ni vêtements.

Définitivement nu.

Bastien

Bastien Pardieu donc. Capitaine au 36 avant de devoir migrer vers le Bastion. Dit aussi La Virgule depuis qu'un éclat de balle lui a perforé la jambe, le rendant légèrement de guingois, pour ainsi dire boiteux.

Bastien le solaire - tout le contraire du taciturne Pierre - avec sa gueule d'ange, ses grands yeux bleus, ses mèches blondes et rebelles.

Bastien, en chemin, qui ne se doute de rien, bienheureux d'être presque arrivé, de passer quelques jours au vert, et de retrouver son ami, peut-être même leur complicité, pas loin lui aussi d'avoir envie de tout envoyer valdinguer. Fatigué de Paris et de ses embrouilles, attiré comme tous les gens usés par la vie par le chant bucolique des contrées lointaines où parait-il, on prend le temps de vivre, à croire que personne ne meurt jamais en campagne ou en tout cas pas de violence, de haine, d'inhumanité.

Bastien qui voudrait bien voir son fils grandir au grand air plutôt qu'entre les rails du métro et les gaz d'échappement. Bastien qui se réjouit, sifflote, parle avec sa Julie, sourit à son gosse, s'imagine déjà avec de grands projets et de nouvelles ambitions. Il en parlera en temps voulu, ça sera une surprise pour tout le monde. Même sa Julie ne sait rien mais elle suivra, elle a déjà commencé le chemin, avant lui. En plus d'être psy, à présent, elle est passée prof de Yoga, s'initie au Reiki et à tout un tas de trucs qui, semble-t-il, élève la conscience, dope les énergies, terrasse l'égo. Ce grand fléau du monde par qui tout arrive, les crimes de sang comme les incivilités, les jalousies, les possessions, les barbaries, les « pousse-toi de là que je m'y mette ».

Peut-être qu'il est temps aussi pour eux trois de partir ailleurs, Pierre a vu juste quatre ans plus tôt, plus personne au 36 n'endigue rien. À peine son équipe et lui parviennent-ils parfois à faire naitre un espoir, à améliorer les scores, à croire que c'est possible qu'une nouvelle tragédie apparait qui vient tout démolir. La cruauté est pleine de malice, elle s'adapte aux époques, aux hommes, à leur soi-disant évolution, elle fait d'eux des pions et si quelques-uns en réchappent, ils ne changent pas la face du monde, au mieux, ils participent à ne pas le salir. Ce qui au vu de la débâcle sociale n'est qu'un sursis illusoire.

Peut-être que Bastien en rajoute, voit tout en noir lui aussi ou peut-être qu'il a raison, c'est souvent qu'il alterne entre ces deux extrêmes, las de lui-même et de ses contemporains. Alors ce séjour, au grand air, loin du monde bruyant et grossier, il l'attend avec impatience.

Les Concertistes

Il a fallu traverser la journée d'une toute autre manière que celle prévue à l'origine, remiser les retrouvailles au soir, accueillir Bastien, Julie et son filleul en expliquant qu'un macchabée venait de s'inviter à leur table, mort de froid, mais pas que –même si on ne savait pas encore de quoi d'autre, c'était évident - dans la nuit. Expliquer comment Pierre avait buté dessus alors que s'il avait pris un autre chemin, il l'aurait évité mais voilà. A croire que… *Désolé, vous voyez, c'est un peu le bordel. Je ne le sens pas ce gamin en étoile de mer.* Et de raconter sa vision et la *chienne de Mort revenue.*

Julie qui, à peine arrivée, a dû écarter le petit Marc-Antoine des explications nébuleuses de Pierre et l'emmener faire la sieste. Heureusement l'après-midi peinait à élargir l'horizon - c'était le même que ce matin, en plus bas et ce, depuis des jours - se reposer semblait donc la meilleure option. Et puis promettre après qu'on ferait des crêpes ou des gaufres ainsi qu'un grand feu dans la cheminée en attendant le redoux et la neige, pressentis demain ou bientôt. Comme une aubaine cette neige, pour détourner l'attention du gosse pendant que Bastien et Pierre pesaient le pour et le contre.

Le contre c'était facile : c'était Julie et le gosse et la semaine prévue. Ça plombait un peu l'atmosphère et les perspectives.

Pour, c'était l'évidence. C'était pourri ce cadavre surgi de nulle part, en travers du chemin, justement aujourd'hui. Comme si on avait voulu que ce soit Pierre et donc aussi Bastien qui s'en occupent. C'était pourtant une théorie qui ne reposait sur rien, en tout cas pas grand-chose mais Pierre n'en démordait pas. Chaque jour il changeait de chemin, personne ne pouvait prévoir qu'il passerait par là et pourtant, c'est bien lui qui avait failli se rétamer la gueule sur le gamin et ça, ça venait titiller son Inclus. Aussitôt, ce besoin de rouler une clope en urgence alors que ça n'était pas arrivé depuis quatre ans. Y'avait rien d'autre à dire, c'était toujours la même chose, l'Inclus donnait le roulement de tambour et les Concertistes* reprenaient du service.

Julie

Il y aurait donc rééquilibrage des journées. Julie avait tranché : matinée et soirée tous ensemble, après-midi libre pour les deux hommes. Même si personne ne leur demandait rien.

En effet, Pierre n'était que témoin. Sa déposition faite, il n'avait plus son mot à dire. Quant à Bastien, il était en vacances. Pour autant, elle sentait bien que ça ne serait pas simple voire impossible qu'ils ne fourrent pas leur nez là-dedans. Pour être honnête, elle pouvait même dire que ça l'arrangeait de ne pas les avoir dans les pattes 24/24.

*Les concertistes : Surnom donné à Bastien et Pierre quand ils faisaient équipe au 36

Que son Bastien retrouve un peu d'allant au contact de Pierre, même à renifler une chienne de piste froide.

Il avait eu du mal à se remettre du départ de Pierre, il y a quatre ans, leur duo faisait partie de son équilibre, même de loin en loin, même si bien avant ça, depuis le départ de Pierre du 36, ils ne faisaient plus équipe que temporairement, c'était comme un essentiel qui soudait chaque fois un peu plus leur amitié. Alors, est-ce que ça l'étonnait qu'un truc du genre arrive aujourd'hui et qu'ils veuillent sauter à pieds joints dessus ? Non. Bien sûr que non.

Elle devait reconnaitre qu'ils étaient faits pour ça.

Et même si Bastien voulait lui aussi jeter l'éponge, comme Pierre l'avait fait, ça ne retirerait rien au fait que tous les deux, ils avaient ça dans la peau. S'il y avait un lièvre à débusquer, ils le débusqueraient quand bien même ils y laisseraient encore un peu de leur âme, et de leurs tripes et de leurs espoirs. Ils étaient de cette race d'hommes qui, lorsqu'ils reculent, ce n'est jamais que pour mieux s'élancer et s'ils baissent les bras, ce n'est que pour mieux les relever. Elle aimait Bastien pour cela aussi, ce courage, cet effort constant et ce devoir de toujours faire au mieux. Des valeurs qui pouvaient couter cher au quotidien, ponctué d'absences et de risques mais des valeurs, qui étaient aussi un exemple pour leur fils, Marc-Antoine.

Pour le reste, le doux, le chaud, le joyeux, la fantaisie qu'on pouvait encore accorder à la vie, elle compensait par sa présence, sa constance, cette aura qu'elle créait autour d'eux. Leur équilibre à eux aussi en passait par là. Une fois encore, elle ne serait pas loin, au cas où.

En s'endormant cette première nuit, elle espérait juste que le jeune homme qui avait chu aux pieds de Pierre, mérite qu'elle sacrifie cette part de quiétude qui semblait, malgré ses raisonnements et sa foi, vouloir lui échapper.

Comme un avertissement.

Elle

Avertissement, menace, ombre, la femme qui se tient en retrait est tout à la fois et bien plus encore. Evidemment que le cadavre du gamin ne s'est pas trouvé là par hasard. Qu'est-ce qu'il croit l'ex privé ?

Qu'il n'est pas comme chaque homme englué dans sa routine ? Des mois qu'elle le voit faire les mêmes gestes, emprunter les mêmes chemins, sept au total, qu'il fait chaque matin, quel que soit le temps même quand il gèle comme aujourd'hui ou qu'il pleut comme hier. Le yoyo de la météo n'a aucun impact sur son rituel matinal alors oui, c'était prévisible de le voir traverser ce pré-là, ce matin. C'était le dernier de ces satanés sept chemins, le seul qu'il n'avait pas encore emprunté cette semaine, logique qu'il passe là, décevant même. Il y a longtemps que les hommes ne la surprenaient plus mais tout de même, à chaque fois, elle espérait.

Elle avait donc livré le colis.

Sûr que le gosse n'avait pas fière allure, spongieux comme une éponge, face contre terre, les membres en croix. Elle avait entendu le bougon le décrire comme une étoile de mer, c'était une façon délicate de penser, alors qu'elle, elle n'avait fait que donner à voir. Enfant abandonné de tous, même de Dieu, un avorton du ciel et du diable à qui elle avait offert la position sacrificielle, prenant le temps de bien mettre ses bras et ses jambes en grand écart et de laisser son corps imbiber toute la flotte du monde. Faut croire que c'était trop simple pour le bonhomme qui mettait de la poésie partout même sur un mort.

Une étoile de mer. Rien que ça !

Pourtant le bougon avait dû en voir, elle avait fait ses recherches, savait d'où il venait, qui il était. Elle ne l'avait pas choisi au hasard. Avec lui, elle était sûre que la vérité éclaterait au grand jour. Il revenait de loin et son pote aussi, le grand capitaine.

Un sacré boss ! Du 36, là-bas, chez les parigots.

Une drôle de coïncidence qu'il arrive ce jour-là. Ce dimanche. Le 7ème jour.

Alors tout comme Dieu, elle allait maintenant pouvoir se reposer, attendre et voir, se régaler du beau merdier qui en découlerait.

Elle leur faisait confiance aux deux zigotos, ils finiraient par comprendre.

LUNDI

Les âmes, libellules de l'ombre…
                              Victor Hugo.

Anne-Sophie

Ici, il n'y a pas de Mère Bravo*, pas de rade attitré, de fief, de repaires où déposer les armes et leurs âmes comme dans le temps, avant que tout explose.

Mais il y a bien un bistrot, dans la commune voisine, à Sézanne., à 14 kms exactement par la nationale 4. Un bistrot qui est venu remplacer la cabane du garde-barrière, il y des années de cela quand le chemin de fer s'en était allé vers les plus grandes villes et qu'il n'est plus resté que des rails rouillés et un wagonnet marron, abandonné aux pigeons et aux gosses, à parts égales. Aire de jeux pour les plus jeunes, de rendez-vous diurnes pour les plus âgés, roucoulade à tous les étages si on n'est pas regardant, pas frileux et pas trop romantique non plus.

Un bistrot donc et sa bistrotière, venue au monde il y a 33 ans, dans l'arrière-cuisine et qui n'en est jamais partie.

Mère Bravo* : repaire parisien des concertistes.

Une grande rousse toute mince qui n'a jamais eu d'autre ambition que demeurer là où sont enterrés ses parents, des braves gens honnêtes, discrets, travailleurs qui l'ont élevée simplement, avec beaucoup d'amour et de patience pour son handicap.

Une déficience intellectuelle que des années d'habitude à répéter toujours les mêmes gestes, dans le même cadre, ont diluée, donnant même un certain charme à cette espèce de nonchalance qui l'habite continuellement.

Anne-Sophie n'est pas bête, plutôt jolie, un peu lente, mais efficace, toujours souriante et très protégée de ses habitués, un peu l'enfant du pays qui n'a pas eu de chance, dont on se sent responsable, surtout depuis la disparition de ses parents.

Une jeune femme qui regarde arriver Pierre et Bastien avec ses grands yeux verts, tout intimidée ou presque. C'est si rare les étrangers, un rien dangereux et excitant à la fois. Heureusement les jumeaux, Léon et Bernard sont au bar, ils sauront faire, si jamais…

Elle, elle va faire comme à chaque fois que la nouveauté la surprend, elle va regarder la photo de ses parents posée à côté de la caisse, dans son cadre blanc, la photo de leur noce que même si elle est en noir et blanc, on voit qu'il fait beau, qu'ils sont heureux et que la vie est pleine de couleurs tout autour d'eux. On voit bien qu'ils sont gauches, un peu gênés, si jeunes, apeurés de devoir s'engager et pourtant si fiers et sûrs d'eux. Ils lui avaient expliqué qu'ainsi va la vie souvent, contradictoire, qui fait peur et excite en même temps, qu'il n'y a rien à faire, juste respirer un grand coup, qu'elle ou les autres c'est pareil, tout le monde a le trac une première fois et même si elle sait servir les clients en général, ceux-là, c'est la première fois mais elle va respirer un grand coup et y arriver, après, ça ne sera plus la première fois et après, elle sait y faire. Elle a toujours su. Elle est née ici, elle a tout vu, tout appris, ils ne peuvent pas lui demander autre chose que ce qu'elle vend : des bières, du café, un alcool ou un jus de fruit.

C'est bien pour ça qu'ils sont venus, non ?

Pour ça et surtout pour laisser à Julie et au petit Marc-Antoine la jouissance de leur après-midi sans avoir à gérer les messes basses et les conjectures foireuses d'un pseudo-crime.

Pour fuir les rubalises aussi et les flics et parler tranquillement, loin des murs qui ont des oreilles, par monts et par vaux, de vallée à village, en passant par les rus, un filet d'eau, une barque et autant de mots qui glissent et déforment inexorablement la vérité.

Ce lieu, Pierre en avait entendu parler mais n'y était jamais venu, aussi est-il moins surpris que Bastien face à la grande rousse qui les regarde de biais et tarde à venir prendre leur commande. Ils sont rentrés en poussant doucement la porte, surpris par la devanture « C'est ici chez vous » et par l'odeur de cigarette. La loi n'a jamais pénétré ici, on est entre gens du cru, entre soi. Sûr et certain que le soir, l'endroit se transforme en apéro géant et finit en tripot même pas clandestin. Anne-

Sophie perpétue l'hospitalité légendaire de ses parents ; la solitude n'a qu'à bien se tenir, ensemble on y fait front.

Pendant un instant, ils sont comme deux grands benêts, tout ébahis par ce qu'ils devinent du lieu. Même Pierre qui, pourtant, est rarement impressionné. Peut-être que de vivre ici, tout seul, lui a fait oublier cela ? Cette sorte d'ambiance dont on est saisis parfois, sans qu'on s'y attende comme si on revenait à la maison, dans un bon chemin. Ou peut-être subit-il encore le contrecoup de son abrupte rencontre, hier matin ?

Quoi qu'il en soit, tous les deux ont murmuré un bonjour, ont trouvé à s'asseoir face à la porte, à droite du bar, à l'exact opposé du doublon d'homme déjà attablé, l'un devant une bière, l'autre devant un verre de vin rouge. C'est dire si dans ces contrées lointaines, l'apéro commence tôt en hiver. S'il n'y avait femme et enfant à la maison, s'ils n'avaient pas abusé hier soir, s'ils n'étaient pas si intimidés de se retrouver là, tout de même, à repartir sur les sentiers de la guerre, quatre ans après, peut-être en feraient-ils autant mais non, ils s'en tiennent à deux cafés, avec un traditionnel nuage de lait pour Bastien, lequel attend avec impatience de voir ce qui va lui être servi tant sa demande a semblé déconcerter la jeune femme qui en tout et pour tout, n'a réussi qu'à leur murmurer trois mots : « bonjour », « nuage » et à la reformulation de Bastien *un filet de lait chaud* « d'accord ».

Au-delà du silence qui s'ensuit, il y a le bruit de la machine à café, les petits pas énergiques de la jeune femme, comme si derrière son bar, elle avait retrouvé tout son aplomb et au loin, une sorte de murmure dont on ne sait s'il vient d'une arrière-salle ou du dehors ou d'un conduit qui abriterait une bête en train d'agoniser.

- Et voilà, messieurs, bonne dégustation. Et pour le bruit, pas de souci, c'est rien que ma vieille chaudière, vous allez vous y habituer.

Elle est venue, sans qu'ils s'en aperçoivent, absorbés qu'ils étaient dans leur silence, et elle est repartie aussi sec, comme si d'un coup, la commande livrée, elle avait retrouvé ses pouvoirs et ce faisant, les avait privés des leurs.

- Bah mince alors, rigole La Virgule. Tu crois qu'on avait l'air de quoi, pour qu'elle nous vanne ainsi, la roussette. Deux pigeons ou deux abrutis ?

Pierre ne répond pas. Il suit du regard la jeune femme, en train de bavarder avec ses deux clients.

- Ah bah ça m'avait manqué, La Carpe aux commandes, je sens le passage à tabac d'ici une minute chrono.

Et de fait, simultanément à la joute verbale de Bastien, Pierre sort sa vieille blague à tabac et commence à rouler une cigarette.

Bastien le regarde faire, sourit, se sent ému.

Si Pierre roule sa clope, c'est officiel, la traque peut commencer.

Lui

S'il cherche à se souvenir, il dirait que les ombres ont toujours été là, avec lui, autour de lui et surtout sur le dos des autres. Il affirmerait comme il l'a toujours fait qu'il les a toujours vues. Des ombres, des âmes, des formes endeuillées, des volutes de chagrin, comme une arborescence de crimes flottant dans l'air en permanence, des traces qui ne partent pas, jamais, que les hommes portent sur eux tant qu'ils restent impunis. C'est comme une charge qui les enveloppe, une ombre géante qui les suit. Et lui, pourquoi il les voit ? Pourquoi il est le seul à les apercevoir, à les sentir, les ressentir ? Parfois fort, si fort dans sa chair et sa tête. Et jamais personne pour le comprendre. À croire que l'humanité est aveugle, irresponsable, elle avance sans se soucier de ce qu'elle laisse sur son passage. Toutes ces âmes prises au piège de la mémoire et du temps que lui seul voit, depuis toujours, même tout petit. À trois ans déjà, ce grand-père qui avait tué, il en portait le poids sur la nuque, ça lui cassait le cou, ça lui plissait le front. Une fois, une seule, il avait osé dire, tout haut : *grand-père, qu'as-tu fait ?* Juste ça. *Hein, dis grand-père, c'est qui ?* Et dans ce *c'est qui ?,* il y avait toutes les questions qu'un enfant ne sait pas formuler mais qui en découlent, qui étaient rentrées dans sa mémoire et n'en étaient jamais sorties.

C'est qui cette grande main qui t'oblige à courber le dos, à détourner le regard ? Cette grande main derrière la tête qui te pousse, sans répit ? Cet homme mort qui te suit et te hante, je le vois, moi, grand-père. Il est là et tu ne l'aimes pas et lui ne t'aime pas mais vous êtes tous les deux tout le temps ensemble. Même si tu es ici, vivant et lui autour, dans l'air invisible, tu es mort et ça, il n'y a que moi pour le voir.

Les adultes avaient ri au début, enfin, seulement la première fois, beaucoup moins la seconde fois, plus du tout les fois suivantes, quand à chaque anniversaire du grand-père, ça se répétait et quand en plus du grand-père, dans la rue ou à l'école, il disait tout haut, *tu vois, maman, tu vois, là, regarde, c'est pareil que grand-père, elles sont partout, il y en a autour de presque tout le monde, un fardeau que chacun porte et que je vois. Les ombres de l'âme, maman, les ombres du mal qu'ils ont fait.*

Et ça venait comme ça, sans qu'on s'y attende, presque chaque semaine, au moins une fois le mois, il fallait qu'il le dise tout haut et après ça s'arrêtait. Il avait compris l'astuce. Il suffisait qu'il le dise à haute voix et d'un seul coup, il ne les voyait plus, alors il redevenait un enfant, jusqu'à la fois prochaine mais le mal était fait, les adultes avaient entendu. Ce n'était pas drôle, plus drôle du tout, ils avaient peur, ils ne comprenaient pas, personne, même les docteurs du centre, là-bas, à Thaas.

Les Concertistes

- Si on résume, et ça va être facile, on a rien, que dalle. Nu comme un ver, le gamin. Le temps de diffuser son signalement, on est bon pour l'attente. Même si j'ai intercédé pour avoir un œil sur l'enquête, on va avoir les réponses au compte-goutte. T'es sûr que tu veux te lancer dans la bataille ?

Pierre écoute et regarde Bastien avec nostalgie, heureux de subir son babillage. Ça faisait longtemps et ça lui manquait, il doit le reconnaître. Bastien l'impatient, toujours sur le qui-vive, le regard aussi tendre et vif que par le passé comme s'il ne s'était rien passé ces dernières années, prêt à embarquer dans une nouvelle galère, juste parce que lui, Pierre, a senti un truc et s'est remis à rouler sa seconde cigarette depuis qu'il s'est pris les pieds dans une étoile de mer. Il sait que La Virgule attend de lui une réponse même s'il n'en a pas. Forcément, il n'en a jamais au début, à peine quelques déductions, au feeling, parce qu'il faut bien démarrer d'un minuscule bout de ficelle pour arriver, un jour, à dénouer le nœud de la pelote.

- Sûr, je ne sais pas. Est-ce que j'ai le choix serait plutôt la bonne question. C'est comme un non-choix, ce môme tombé à mes pieds. Fallait savoir que je passerais par-là. Mais, - et là Bastien assiste à l'un des longs silences de La Carpe qui ne l'énerve plus autant mais l'insupporte tout de même, tant on a l'impression que ça vient de tellement loin, que ce qu'il a à dire n'arrivera jamais à remonter le boyau de sa conscience et à ressortir par la bouche – je crois que j'ai compris un truc.

Bastien est dans les starting-blocks, comme un gosse, sa Jambe Pile trépigne, il attend l'impact, l'indice, le point de départ, n'importe lequel pourvu qu'on puisse démarrer, avancer, se lancer enfin dans l'arène.

- Quatre ans que je trace les mêmes chemins, toujours les mêmes, même si je varie les sens et les jours, c'est toujours les mêmes, chaque semaine, depuis quatre ans, excepté en de rares occasions. Alors, tu vois…

Et là, encore, La Carpe se tait, semble réfléchir. Prend son temps. Il se revoit malade en plein confinement, sans sortir, sans avertir personne, surtout pas Bastien, ces longs jours qui l'ont cloué au pilori du mal à subir ses propres ombres et c'est comme s'il souffrait encore. De ce terrassement, de cet air vicié, enfermé dans sa maison, sa peau, sa tête et puis, longtemps après, comme une seconde vie, de ce lundi rendu à l'air libre où enfin il a pu remarcher. C'est là qu'il avait instauré ses sept tours de pistes matinaux.

- … Alors, tu vois, reprend-il en murmurant presque, celui ou celle qui a balancé le corps savait que je passerais par-là. Il l'a déduit de mes trajets et pour en arriver à cette déduction, il a dû sacrément me pister. Et ça, tu vois, ça m'agace de pas l'avoir senti avant.

Cela, Bastien y avait déjà pensé et lui aussi pourrait en être étonné. Le flair de son ex-coéquipier est légendaire, bizarre qu'il n'ait rien vu venir. Par contre, il tique sur une tout autre chose qui ne l'a même pas effleuré.

- Celui ou celle ? Tu es sérieux ? Tu penses qu'une femme peut avoir tué ce gamin ? T'as vu où on l'a retrouvé? Au milieu de nulle part. Faut être sacrément costaud pour le porter jusque-là, tu ne crois pas ?

- Tuer, je ne sais pas mais rien ne dit qu'on a affaire à un homme plutôt qu'à une femme dans cette histoire. Et puis le minot, 50 kilos au bas mot, dans le genre brindille à balader, j'en connais des femmes qui seraient sacrément capables. Ici on manie la hache, la pioche et la faux tous les jours, depuis des siècles. Alors, sur le dos ou avec une brouette, je ne vois rien d'impossible.

Lui

Sylvain Brasse, c'est Lui, ce gamin aux grands yeux noirs, étrangement beau, anormalement adulte. Victime des ombres.

Devenu pupille du village à la mort de sa mère. Entré en majorité dans le plus grand silence, il y a cinq ans. Qui a pourtant continué de vivre au Centre, sans faire beaucoup parler de lui, jusqu'à il y a une semaine, quand de nouveau, il a disparu. Cette fois-ci, au bout de trois jours quand même, le directeur a bien été obligé de faire un signalement mais sans grand déploiement.

Ce n'était pas la première fois, il revenait toujours.

Il était admis, toléré, et même certains s'en amusaient, qu'il s'évade de temps en temps. Souvent pour aller au cimetière voir sa mère ou dans le petit bois du père Jacquin mais jamais loin, jamais au village, près des habitations.

De toute façon, il n'aurait jamais trouvé personne pour l'aider, ni lui ni les autres d'ailleurs. Tous ceux de Thaas. Les comme lui. Pas des méchants, ça non, mais des siphonnés, des malheureux, qui avaient déjà bien de la chance de vivre dans un tel endroit, d'être pris en charge. Si on les tolérait dans le paysage, c'est bien parce qu'il n'y avait jamais eu de problème. Jusqu'à aujourd'hui.

Fallait bien que ça arrive ! Et de quelle façon !

La bouche pleine de terre et une belle bosse à l'arrière du crâne. Laquelle lui avait été fatale. Comme de séjourner dehors une semaine en plein hiver. Il n'avait pas dû bien profiter de sa liberté, le Sylvain. Encore une triste histoire, une triste lignée. Ou un mauvais sort de plus. Sûrement.

Sa mère déjà, qui s'était pendue six mois après que Lui, son fils avait été interné et que son mari, à son tour, avait disparu. Tombé d'un échafaudage le bougre, lui qui en avait tant escaladé. Sans ses deux hommes elle avait perdu pied, si on peut dire et on le disait, certains soirs quand ça ressassait entre soi, que rien ne meurt jamais, ni les secrets, ni les fantômes, encore moins les langues sales.

Sa mère, elle avait d'abord vécu en ermite un bon moment avant de se pendre à la poutre du salon. On disait que sa maison était devenue un capharnaüm épouvantable tout le temps de son hivernage, qu'elle n'ouvrait plus jamais les fenêtres, ne sortait pas ses poubelles et quand on passait à proximité, une odeur de pourri s'en dégageait qui faisait même fuir les chiens ou les chats.

Personne à l'époque n'avait cru bon prévenir son fils. Ce qui se passait au village ne franchissait pas l'enceinte du centre thérapeutique de Thaas, c'était dangereux et contre productif. Il fallait du calme, du repos et beaucoup de silence face au bruit du monde, lourd de trop d'afflictions qui pouvaient déstabiliser des patients sensibles, déjà assez perturbés comme ça.

A 18 ans, de ce silence, Sylvain avait dû en avoir marre. Une première fois, il s'était enfui et c'est là qu'il avait su, que quelqu'un lui avait dit pour sa mère. On ne savait qui ni comment puisque personne ne semblait l'avoir vu, mais il avait su. Il était pourtant rentré au centre, sans colère ni rébellion, de lui-même mais à partir de ce jour il n'avait plus ouvert la bouche, plus jamais rien dit et ses fugues avaient continué, deux trois fois par an, à peine 24 heures.

Jusqu'à aujourd'hui.

Restait à savoir, *où* cette fois-ci il avait pu aller et *qui,* cette fois-ci il avait pu rencontrer ?

On

On, c'est eux, les villageois. Autant dire, personne ou tout le monde. A peine 870 âmes dont l'histoire qui nous occupe n'a que faire. Ni pires ni meilleurs qu'ailleurs peut-on supposer.

Des anonymes pour la plupart et quelques vieux de la vieille, la mémoire agonisante, le verbe acide, qui ont toujours préféré se taire.

Au centre de ce petit monde, une superbe église, celle de Saint-Martin datant principalement du XIIe siècle dont la nef et ses bas-côtés sont inscrits à l'inventaire des Monuments historiques depuis 1933. Un château aussi qui fut brièvement une maison de retraite pour redevenir de nos jours une propriété privée. Et puis une abbaye, Notre Dame du Jardin Les Pleurs, ainsi que quatre calvaires forgés, une mairie (de 1881), et enfin un Hôtel-Dieu, transformé aujourd'hui en salon de coiffure, qui est, de surcroît, la plus vieille maison de Pleurs (XIVème siècle).

Tout autour, des terres arables pour la majorité, quelques bois et pas moins de six cours d'eau pour arroser sa superficie (16.72 km2) et ses habitants qu'on appelle tout simplement Les Pleuriots et les Pleuriotes.

Un village primitif qui remonte à la préhistoire, dont les gaulois ont laissé trace en la présence d'un cimetière, et aussi un château fort, au lieu-dit « Les Grands Chatelliers ». Antique, vétuste, démoli puis reconstruit afin d'être réhabilité avant d'être définitivement abandonné.

Subsistent encore quelques bouts de murs en pierres, à peine un toit, une grande baignoire à ciel ouvert qui sert d'abreuvoir aux bête sauvages, et toute une ribambelle de contes à dormir debout dont chacun se préserve en n'y mettant jamais les pieds. Les mythes et légendes sont des murailles bien plus hautes et efficaces que celles de l'époque.

Plus personne ne vient jamais, depuis des décennies. Plus personne sauf Elle.

Et pour cause, c'est là qu'elle vit.

Eux

Elle qui les épie, Eux. Comme elle épiait Pierre depuis qu'il était arrivé au village.

Eux, c'est à dire, Pierre, Bastien, Julie et l'enfant, réunis en cette fin de seconde journée, bien au chaud devant la cheminée.

Ils prennent l'apéro, rivés sur les facéties de Marc-Antoine, heureux d'être le centre d'intérêt. Le gamin s'en donne à cœur joie qui passe de main en main, reçoit tendresse, caresse, attention. Il avait oublié ce grand homme un peu vieux qu'il n'a vu que très rarement depuis qu'il est né. Trois ans, une toute petite mémoire pour se souvenir d'un fantôme apparu une dizaine de fois. Alors il use et abuse. C'est comme de la nouveauté ce parrain que maman appelle Pierre, que Papa surnomme Pierrot ou La Carpe et que lui n'appelle pas encore. Il se contente d'attirer son attention. Pas certain que cela fasse son effet. L'homme le regarde, le suit des yeux, oui mais il ne réagit pas comme ses parents, à prévenir chacun de ses gestes, à les anticiper, à lui répéter dix fois de ne pas faire ci ou ça. Alors Marc-Antoine ne sait plus quoi inventer, il a déballé tous les jouets, demandé à lire tous les livres, touché aux rares objets dont il pensait que c'était interdit, le tisonnier, la télécommande, le bol de cacahuètes, le tout sans résultat.

Si c'est ça un parrain, y avait pas lieu de lui faire croire que les vacances dans le froid avec la sieste l'après-midi valaient de braver les trois heures de voiture, lui qui déteste ça encore plus que la purée de brocolis ou les choux-fleurs grillés de maman.

Julie et Bastien ne le quittent pas des yeux et s'en amusent, ils le voient dépité, tentant le tout pour le tout et s'élançant du canapé venir s'échouer aux pieds du grand immobile, que rien ne semble perturber. Assurément Pierre est aux abonnés absents, immergé dans ses pensées, fixant sans le voir son filleul en perdition devant lui.

A croire que ses amis le connaissent mal ou ont désappris à lire en lui, Pierre est à ce moment-là, au contraire, entièrement subjugué par celui qu'il nomme le petit bonhomme. Surnom qu'il est le seul à employer pour contrer ce Marc-Antoine trop guindé, un peu précieux voire prétentieux, carrément adulte, que lui serinent ses parents alors que le mouflet en est encore à supporter couche, biberon et pouce dans la bouche, en tentant vainement de faire son intéressant.

Et de cela, Pierre en conçoit une interrogation, une sorte de trouvaille, de fil à dévider. Comme un message subliminal à l'affaire qui l'occupe. Il ne sait pas encore comment ni dans quel sens le rattacher au grand gamin mort à ses pieds mais c'est là, au bord de sa conscience. L'Inclus le sait déjà qui le force à rouler une cigarette et aussitôt après, à la jeter au feu.

MARDI

Il est des gens qui n'embrassent que des ombres ;
Ceux-là n'ont que l'ombre du bonheur.
William Shakespeare.

Anne-Sophie

Au deuxième jour, devant les mêmes cafés, serré pour l'un, le brun caverneux, avec un nuage de lait pour l'autre, le blond sur ressort, la question atteignait son paroxysme dans le bar et la tête d'Anne-Sophie. Elle était bien en peine de deviner ce qui se tramait chez ces deux gus qui revenaient s'asseoir à la même table, pratiquement à la même heure. À 14h04 cette fois-ci au lieu de 14h01, le jour d'avant.

Les jumeaux faisaient cela, les habitués du matin, du midi et du soir aussi, elle pouvait deviner toutes les allées et venues en écoutant les vibrations de la grosse horloge, au-dessus de la porte. À sa façon de vibrer quand quelqu'un entrait ou lorsqu'elle sonnait les heures piles ou alors que Phil ou Jo, se secouaient les pieds et en faisaient trembler les aiguilles.

Et voilà que par deux fois, ceux-là revenaient aussi, à la même heure ou presque.

Elle savait qu'ils étaient flics, ça quand même, ça avait couru les villages mais elle savait aussi que ce n'était pas eux qui étaient censés enquêter sur le Sylvain. Et pourtant ils avaient l'air de vrais conspirateurs à touiller leur tasse en se regardant dans le blanc des yeux tout en se murmurant des secrets que même si elle avait tendu l'oreille, elle n'aurait pas entendu.

Hier ils étaient restés ainsi une bonne heure, et aujourd'hui, ils avaient l'air de vouloir recommencer. Le caverneux avait sorti une fois encore son tabac, il était d'ailleurs en train de rouler une clope, sûr qu'il ne fumerait pas et qu'elle allait la retrouver posée en évidence, sur la table, sans savoir quoi en faire.

Hier, elle lui avait presque couru après pour la lui rendre, il n'avait même pas daigné répondre, il avait haussé les épaules, fait un signe de la main, genre gardez-la, puis il était monté dans sa voiture et avait claqué la porte avant de démarrer tranquillement.

Certes il n'avait pas l'air bien méchant, mais singulier tout de même. C'est ça singulier. Du même acabit qu'elle ou le Sylvain et certains de Thaas aussi mais ça, il n'y avait qu'elle pour le savoir. Elle en aurait mis sa main à couper, elle savait les reconnaitre, tous savent se reconnaitre, entre eux. La bizarrerie à quelque degré que ce soit émet un signal, envoie une vibration. Et si le petit blondinet en était exempt, certain que le caverneux y avait droit.

Finalement, rien que des bons gars, à qui peut-être elle pourrait faire confiance. Fallait savoir faire la différence disait toujours sa mère. *La différence tu la sens, personne ne la prouve, respire un grand coup, c'est la base de tout, la respiration.* Un exercice qu'Anne-Sophie accomplissait des dizaines de fois par jour, toujours en regardant le cadre posé près de sa caisse, avec ses parents dedans photographiés en noir et blanc. Et tellement de couleurs autour.

Les Concertistes

La nouvelle venait de tomber et elle leur faisait l'effet d'une aberration sans précédent.

En même temps que l'identité du gars, l'affaire allait être classée. Aussi brutalement et simplement que ça. Aucun mystère à ce que le jeune Sylvain

Brasse se tire en pleine nuit, coure à poil dans les champs, se fracasse le crâne et meure des suites de ses blessures.

Le légiste était formel. Aucune trace de lutte. *Traumatisme crânien responsable d'un hématome extradural ayant entrainé un engagement cérébral et des troubles de la conscience.* Finalement, une simple chute et bim, hémorragie.

Quelqu'un avait dû le trouver avant Pierre qui l'avait dépouillé de ses affaires et la question d'être à poil, en étoile de mer ne se posait déjà plus.

Y avait plus qu'à refaire le parcours ou en tout cas l'imaginer, et on retrouverait fatalement ce qui avait pu lui faire cette bosse. Certainement un caillou là où il avait glissé, ce qui n'était pas nécessairement le même endroit de là où il était mort. Ça avait dû prendre des heures, peut-être même des jours avant que la tête lui tourne et qu'il s'écroule, sonné. Le froid, la pluie, le gel, la nuit avaient dû faire le reste, l'achever.

En tout cas, ce qui était sûr, c'est qu'entre le moment de sa disparation et celui où on l'avait retrouvé, le môme avait vécu, son estomac en témoignait. Jusqu'à sa dernière heure, il avait mangé à sa faim et son dernier repas, des champignons à la crème, ne datait que de la veille du jour où on l'avait retrouvé.

- Et voilà, ça se finit comme ça. Le type se carapate, vit une semaine on ne sait où ni comment, se casse la gueule et meurt. De sa belle mort, comme un grand, sans personne pour l'y aider ? Et tout le monde y croit ?

La Virgule avait rompu le silence, livré ses conclusions à voix haute et tout le monde avait sursauté dans le bar, ça avait déchiré le silence sans prévenir, il avait presque crié sur la dernière phrase, sa Jambe Pile en tressautement continu.

- A priori oui, avait répondu calmement Pierre qui s'attendait à ce surgeon de colère. C'est une éventualité à laquelle on aurait pu penser, c'est devenu une évidence à laquelle ils ont conclu. Je ne peux pas dire que ça me réjouit mais peut-être bien que ça m'arrange…

Bastien ne l'avait pas laissé finir sa phrase qu'il reprenait de plus belle.

- … Ca t'arrange, tu rigoles, c'est du grand n'importe quoi. Tu ne vas pas croire à leurs conneries. Merde, Pierrot, je t'ai connu plus clairvoyant.

C'en était presque comique, la rage de La Virgule face au flegme olympien de Pierre, pour peu qu'on ne les connaisse pas et qu'on ne sache pas à quel point c'était du joué, sur joué, mille fois rejoué, à chaque enquête. Quand Bastien s'impatientait pendant que Pierre réfléchissait, faisait le tri et prenait son temps. Anne-Sophie était de ceux-là, qui découvraient le duo en pleine action et oui, ça la faisait sourire, elle n'était pas si bête, les hommes et leurs comportements, elle les connaissait en presque 15 ans de bar, elle avait déjà compris que l'un agissait en sourdine et n'attendait de l'autre qu'une réaction pour mieux le coiffer au poteau.

- Mais je le suis, Bastien, je le suis. Très clairvoyant même. Ça m'arrange parce qu'ainsi on n'a plus personne dans les pattes. Evidemment que je n'y crois pas un instant même si c'est tout à fait plausible leur histoire. Ce genre de choses arrive encore tu sais. Des accidents tout bêtes. Où tu cours, tu tombes et tu meurs. Peut-être pas à Paris, mais ici oui. Y a encore plein de gens qui meurent sans être assassinés. Ce n'est pas qu'une légende…

- Te fous pas de ma gueule, Pierre, c'est déjà suffisant qu'eux se foutent de la gueule du monde avec leurs conclusions à deux balles. Moi je dis que c'est grossier et que ça cache du pas beau, du sacrément moche même. Alors t'as raison, qu'ils s'en retournent d'où ils viennent ces bureaucrates en costume mais toi et moi on reste et plutôt deux fois qu'une.

Pierre avait souri, roulé une clope et ensemble, ils avaient dressé une première liste d'incontournables à explorer.

Lui

Il faut aller au cœur des gens, là où réside le centre de toute vie, la vraie, celle du dedans, loin des illusions et des déguisements, il faut oser lever le masque et dire tout haut, le tout bas. Tous bourreau un jour, c'est une évidence, à quelque degré que ce soit.

Le métier, la famille, les possessions, les parures, le CV, le qu'en-dira-t-on, ne sont que des artifices. Hors costumes, l'homme est moche ou l'a été ou le sera. De toutes ses vies vécues, il a tué une fois et en a gardé trace, les ombres sont formelles.

Si personne n'est tout à fait mauvais, personne n'est tout à fait bon non plus. Y a même que très peu de vraies bonnes âmes. Des qui font semblant ou qui paraissent, en pagaille mais de véritables gentilles, personne, nada.

Je le sais, je les vois, je ne vois même que cela, toutes ces ombres accrochées à leur sourire, au fond de leurs yeux, agrippées à leur scoliose, à leur nuque courbée et grippée, à leurs articulations pleines d'arthrite, rien que des emballages les soi-disant hommes, une coquille vide.

Depuis la nuit des temps, combien de massacres pour si peu d'actes gratuits, humanitaires, empathiques ? Et de le dire, fut mon erreur, de le comprendre trop tard aussi.

C'est eux qui trahissent et c'est moi qu'ils enferment, moi et tous les autres.

Ceux qui voient, qu'on nomme les fous alors que nous sommes juste lucides, ou trop crus, ou sans filtre, ou innocents dans les premiers âges à dire ce qui nous passe par la tête, incapables d'hypocrisie, de déni, de mensonges.

Subissant les assauts d'une vision autre, qui nous est imposée, sans que l'on sache d'où ça vient comme si à trois ans, j'avais décidé tout seul de voir ce mort pendu aux basques de mon grand-père. Aurait-il fallu me taire, quand des années plus tard, j'ai su avec certitude, à quel point c'était vrai ? Ce meurtre commis à bout portant.

Tout le monde savait au village, tout le monde s'est tu. Mais moi j'avais vu, tout petit déjà.

Et pas que mon grand-père, les autres aussi, tous les autres, avec leurs simagrées et leur maquillage de façade, à quel point leurs âmes étaient sales, mauvaises, criminelles.

A quel point j'avais raison.

Elle

Elle est celle qu'on ne nomme pas ou plus, qui vit en marge, à l'écart du village et des maisons, dans une cabane en bois sans eau ni électricité, juste un poêle, un puits et des dizaines de chats, (pain, beurre, confiture, lait, avoine, sel, sucre, chocolat… tous nommés d'un aliment qui a sa préférence) à la lisière de l'ancien château, où personne ne va jamais. Au fameux lieu-dit « Les Grands Chatelliers ». Possible que tout le monde l'ait oubliée ou la croit morte, personne ne cherche à savoir. Elle, c'est la fille de l'homme sur le pont, celui qui toute sa vie a attendu le retour de sa femme, du jour où elle est partie, lui laissant la petite de deux ans sur les bras jusqu'au jour où il est mort sans l'avoir jamais vu revenir.

Il y a si longtemps, on était, sans le savoir, dans les derniers mois de la guerre, en février 1944. De cette époque, ne reste qu'Elle, la Marie comme on l'appelait encore quand on la plaignait. Cette enfant que le père a protégée tant bien que mal, surtout mal, dans les premières nécessités de la survivance mais qu'il n'a jamais su élever tout à fait, éduquer encore moins, aimer, pas du tout. La Marie sur les bras comme un fardeau trop lourd, impossible à porter en plus du chagrin et de l'attente qui lui prenaient toute son énergie. Chaque jour après son travail - il était cantonnier - de 18h à 21h, quels que soient le temps et la saison, parce que c'est là qu'On disait avoir vu sa femme pour la dernière fois.

Un jour de février 1944, seule sur la route, en direction du sud.

Pour la Marie, quelques années d'école obligatoire et très vite, l'abandon à sa propre vie, sans règles, ni codes, à toujours courir les bois, parler aux arbres, aux animaux, au ciel, et aux étoiles. Pas folle mais dangereuse certainement, capable de lire dans le marc de café, d'écrire le futur, de sonder le passé, sans la nommer mais en se signant dix fois, tous ont fini par la cataloguer *sorcière*.

Bien sûr, elle a su se faire oublier toutes ces années, vivant des rentes du père à sa mort. Une simple maison à la vente et si peu de frais au quotidien, toujours à porter les mêmes robes que sa mère à l'époque, qui était partie sans rien emporter, ni papiers, ni vêtements, ni sa boite d'économies, même pas son sac à main. Partie, comme ça, toute seule, sans prévenir, laissant la petite hurler dans son berceau jusqu'à ce qu'un jour, elle ne hurle plus et qu'elle reste coite, des heures entières, attendant que son père revienne, lui donne quelques bouchées de bouillie d'avoine, une patate crue et un verre de lait, une nourriture longtemps suffisante dont elle abuse encore aujourd'hui, agrémentée d'un peu de chocolat en poudre parce que l'odeur, sans qu'elle n'en sache la raison, la rassure et l'enivre.

Des chaussures mille fois ressemelées, les salopettes de travail du père, ses quelques outils et sa rente, à peine de quoi mettre du sel sur les lièvres ou les perdreaux, de faire chauffer et réchauffer le même café dix fois dans la journée, de lire à la bougie le journal de la veille, celui qu'elle récupère la nuit dans les poubelles du village comme d'autres produits qu'elle emmagasine tout autour de son cabanon, une décharge à ciel ouvert qui la protège des curieux.

Personne ne s'aventure à l'ancien château, encore moins dans ses bois à part le flic, enfin l'ex-flic, le grincheux, une fois par semaine qui contourne mais n'est jamais venu trop près. Sûrement qu'on l'aura prévenu, sûrement qu'elle l'aurait chassé mais elle n'a pas eu à le faire. Lui non plus ne l'a jamais vue et c'est ainsi qu'elle a pu le pister, longtemps, souvent. Voir son manège, ses chemins, toujours les mêmes. Ainsi qu'elle a pu l'épier comme le font les insectes ou les renards, toujours la nuit quand tout le monde dort.

Ainsi qu'il n'a rien vu, hier encore, tellement près et si loin de la vérité, enfermé en lui-même, sans jamais jeter un regard en direction de sa cabane, cachée du dehors, rendue invisible. Comme l'homme sorti de terre, plongé dans les ténèbres depuis si longtemps, rendu à la lumière d'un coup, un tas d'ossements et au milieu une croix nazie.

Pourquoi cette nuit, ce jour, cette année, alors qu'il est mort assassiné, il y a si longtemps ?

Et avec lui, toute l'histoire de sa vie à Elle qui a pris sens, en un sursaut, un cri retenu, qui a bien failli lui échapper.

Comment ne pas vouloir que tout le monde sache. Parce qu'à 80 ans, tout de même, il est temps d'en finir.

Les concertistes

Une idée comme une autre, refaire le chemin parce qu'il faut commencer par ce qu'on connait. Prendre une carte et tracer des pistes possibles, entre le centre de Thaas et le champ où on a retrouvé le gamin. Le Sylvain comme tout le monde l'appelle ici.

Beaucoup trop d'alternatives, il aurait pu aller n'importe où, le cimetière en premier, sûrement, parait que c'est ce qu'il a fait à chaque fois.

Entre Thaas et le cimetière, une unique route ou alors des sentiers. Choisir les voies de terre puisqu'il ne se rendait jamais visible et que de la route, on l'aurait vu. Un avantage pour Pierre, c'est sa connaissance du terrain tant de fois parcouru depuis quatre ans. Alors Bastien suit, tant bien que mal, habitué au bitume, si peu aux cailloux, à la terre, aux dénivelés. Il suit et déjà il sue. Pourtant, le redoux est venu en ce deuxième jour mais pas encore la neige. Le redoux et avec lui la lumière, parfois même un rayon de soleil têtu même si ténu, qui profite d'un écart de nuage pour s'infiltrer et descendre sur terre, éclairer les hommes et les lieux, leur donner un avantage dans ce mystérieux jeu de piste.

Parce que c'est de ça qu'il va s'agir, les concertistes ne sont pas dupes. Une sorte de Gymkhana pédestre en terrain hostile.

Retrouver les signes, les traces, les petits cailloux que le gosse aurait pu laisser dans son sillage quelques jours avant sa mort quand il en était encore à manger des champignons à la crème alors même que ce n'est pas grand-chose et qu'il leur faudra de la chance, un coup de bol monstrueux, eux qui n'y connaissent rien en matière de chasse à courre.

Tant d'horizon et de vide à perte de vue, rien à voir avec Paris. Ils n'envisagent même pas le porte à porte. Pierre les connaît, les habitants, plus taiseux que lui, plus peureux aussi, qui se terrent derrière leurs volets. Ça l'arrangeait bien pendant toutes ces années, maintenant faudrait faire avec, ne compter que sur les pistes et dans le pouvoir de la marche, qui apporte souvent des fulgurances, des intuitions démultipliées.

C'est presque étrange de partager cela avec Bastien. Son silence et ses chemins. L'effort de tous ces pas pour arriver là, au cimetière, un endroit qu'il a souvent contourné sans jamais oser y entrer. Trop intime, trop intrusif, il n'est pas d'ici, dans sa logique, on ne dérange pas les morts.

Surtout ceux des autres. Jusqu'à aujourd'hui.

Le cimetière et la tombe de la mère du jeune gars. Sans pierre tombale. Juste de la terre gelée, une plaque *Helene Thiers, épouse Brasse 1967/2017*. Et une jacinthe bleue, posée dessus.

La Mère

Pauvre femme s'il en est.

Un début de vie pourtant banal, facile même, normal comme c'est le cas par ici, pauvre mais honnête, attachée au pays jusqu'à ce que ses parents meurent puis mariée et enceinte, sans se poser la question de partir ou de faire autrement. Faire une vie comme tout le village le faisait à l'époque en traversant les saisons, les peines et quelques joies, sans trahir ses racines, en déroulant les jours, un par un, patiemment.

Une vie simple qui ne présageait en rien qu'elle accouche d'un enfant délirant, fou ou paranoïaque - tout a été dit et plus encore - et qu'elle soit veuve à 47 ans d'un homme à qui elle ne reprochait rien. Un peu d'ennui, de rugosité, de maladresse peut-être mais gentil, pas buveur et travailleur.

Aurait-il fallu être plus exigeant avec l'existence ?

Alors, qu'il n'y pas si longtemps encore, la guerre avait tout ravagé, inculquant aux survivants le respect de la vie et la chance d'en être.

La mère qui aimait les jacinthes bleues comme sa mère avant elle parce que le bleu c'est comme le ciel et que ça fait voyager sans bouger. Parce que son parfum est capiteux, ses notes vertes, puissantes et lumineuses, qu'elle évoque la miséricorde de la Vierge et la bienveillance.

La mère qui a protégé son fils, le Sylvain, comme elle a pu, du regard des autres, de sa propre folie. Qu'elle a emmené consulter plusieurs fois, des spécialistes, jusqu'à Paris même.

Avec le même diagnostic posé dans l'enfance :

Rêveur. Dans son monde. Grande imagination. Enfant unique, veut se rendre intéressant. Ne pas donner crédit à ses délires. Certains enfants parlent à leurs peluches, lui parle aux ombres. Surveillons mais n'épiloguons pas. Nous agirons plus tard s'il le faut.

Plus tard, ce fut à 15 ans quand il a affirmé pour le grand-père, parce que c'était vrai, vérifiable et que plus personne ne pouvait dire le contraire. Ce n'était pas non plus un vrai secret que le grand-père avait tué un jeune allemand dans les derniers jours de la guerre. Parait que le jeune soldat était à l'agonie et qu'il n'avait fait que mettre fin à ses souffrances. C'était hautement probable, pour autant, il aurait fallu essayer de le sauver mais tout le monde savait que le grand-père avait perdu son frère, de trois ans son ainé, sous le feu allemand et que le soldat avait payé pour ça.

Arbitraire, efficace. En ces temps-là, la pensée se limitait aux actions, il n'y avait pas de psychologie, que de la survivance, beaucoup de douleurs et d'impuissance.

Ça avait empiré quand du fait de lui donner raison, le Sylvain avait plus ou moins déterré les secrets de chacun. Comme si tout le monde au village était coupable de quelque chose. Il affirmait et les portes se claquaient. De vieilles querelles renaissaient.

Toutes les familles étaient concernées ; ceintes comme une seule et unique entité. Avec ses codes, ses règles, ses secrets, ses trahisons. Evidemment que tout le monde avait plus ou moins quelque chose à se reprocher et le gosse le voyait, le sentait, ne pouvait s'empêcher de le dire comme s'il était venu en ce monde pour déloger une vérité qui ne s'était jamais dite et ne devait jamais se dire.

Comment s'en sortiraient les hommes, alors, si tout était dit, toujours, sans atours, dans la lumière crue de la pensée nette, claire, précise ? Bien sûr que toutes les vies et les souvenirs qui vont avec ne sont que des palimpsestes, en perpétuelle réhabilitation.

La mère avait contenu son fils, le regard des autres, la peur du jugement et la myriade de doigts pointés sur sa famille, comme elle avait pu puis quand le Sylvain a eu 15 ans, elle a renoncé, s'est laissé influencer. Elle a accepté l'internement de son fils, soi-disant, pour son bien. *Vous verrez. On va le délivrer de toutes ses voix dans sa tête. Ce ne sera pas long. Il faut avoir confiance. Bientôt il aura tout oublié.*

Ça avait été sa première capitulation.

Après ça, son mari était mort. Et elle, juste après, elle avait choisi de se pendre.

Les Concertistes

Ce n'est jamais difficile de fouiller un passé, beaucoup moins qu'on le croit, surtout quand on a dans ses relations, un geek comme La Traque*, féru de technologie, rapide, efficace, curieux, capable de compulser gratuitement les archives du journal l'Union, en moins de temps qu'il n'en faut pour le dire. Ce quotidien, né dans la clandestinité durant la seconde guerre mondiale, chapeaute l'Aisne, Les Ardennes et la Marne, commune par commune. Petits et grands faits y sont rapportés ainsi que les manifestations, concours, défilés, marchés, faits divers et rubrique nécrologique.

Suffit parfois de quelques lignes, sans trop de détails mais largement suffisantes pour refaire l'histoire. Il y a, relatés à l'époque, dans plusieurs articles : le suicide la mère, la chute mortelle du père, le fils orphelin, placé au Centre Thérapeutique de Thaas.

Une occurrence qu'il est intéressant de suivre quand on y apprend la polémique soulevée au moment de sa construction en 1981.

Qui a envie de voisiner avec un centre, même fermé à double tour, pour adolescents en difficulté ? Des névrosés, peut-être dangereux, qui viendraient de partout et dont parait-il, certains seraient placés à vie. Comme le jeune Sylvain, qui y était rentré pour quelques semaines, et qui en est ressorti mort, des années après.

C'est ainsi que le soir même, les langues se sont déliées, au journal local, sur la 3. Ainsi que les Concertistes regardent et écoutent, abasourdis, une vieille femme sortant de la pharmacie du village, interviewée par un journaliste local.

Oui je l'ai bien connu le Sylvain et sa mère aussi, font partie du village comme nous tous, ça ne date pas d'hier. Evidemment, c'est un choc, il avait pas toute sa tête mais la perdre ainsi, déjà son père, et sa mère après, une famille de malheur. Vous m'direz, c'est peut-être mieux ainsi, faut le dire, trop de malheur, c'est pas de la vie, enfermé toutes ces années et pourquoi ? Y disaient qui voyaient des ombres. C'est vrai qui nous en a dit à l'époque des bêtises le gamin mais bon, faut pas dire du mal des morts, z'ont peut-être pas tout fait à l'hôpital pour le soigner.... Au début, c'est vrai on était pas d'accord pour qu'ils le construisent ici mais ça faisait pas de bruit alors on a laissé faire et voyez, ou ça mène…

Une piste à suivre, ce fameux Centre de Thaas !
Et cette aïeule, peut-être aussi.
Les Concertistes le savent depuis le début.
Rien n'est aussi simple qu'on veut bien le laisser paraître.

*La Traque : As de l'informatique à l'époque du 36 quai des Orfèvres.

MERCREDI

La maladie du corps est la guérison de l'âme.
Proverbe basque.

Anne-Sophie

Ils sont revenus pour la troisième fois, avec cet air de connivence qui ressemble à l'air de chercher quelque chose, de poser des questions, comme les hommes savent faire parfois, quand ils murmurent entre eux et qu'Anne-Sophie sait bien qu'ils complotent à imaginer quelques bêtises dans le dos de leur femme.

Depuis la mort du Sylvain, ils sont là tous les après-midi. Hier, on les a vu arpenter les chemins, de long en large et en travers, le nez collé au sol, jusqu'au cimetière. Sûr qu'ils auront remarqué la jacinthe bleue qu'elle avait déposée la veille, sûr que ça allait soulever des questions et qu'on saurait que c'est elle. Ce n'était pas compliqué de le savoir, tout le monde était au courant, qu'elle le faisait souvent, des jacinthes bleues quand c'était la saison mais pas que, des roses blanches, des branches de mimosa, des cyclamens, des tulipes, des perce-neige, des jonquilles... Pour chaque saison, à chaque occasion et quoi qu'il arrive, même sans raison, toutes les semaines. En même temps qu'elle allait sur la tombe de ses parents, elle fleurissait celle de la maman de Sylvain. Personne, pas même lui, ne lui avait imposé de le faire, c'était venu naturellement quand elle avait su qu'on avait caché au Sylvain qu'elle était morte, quand c'est elle qui avait dû lui avouer, à sa première fugue.

La douleur que ça lui avait causée ; il était resté sans voix. Elle avait vu ses yeux déborder de larmes et un silence l'engloutir, tout le silence de sa mère morte fondu sur lui. Elle l'avait pris dans ses bras, maladroitement, c'était la première fois qu'elle prenait quelqu'un dans ses bras et lui, il s'était laissé faire, comme un gamin. Elle l'avait caché trois jours et trois nuits sans qu'aucun mot ne sorte, sans que rien d'autre ne soit dit que cette mort-là et tout le bruit que ça faisait dans son cœur, qu'elle l'entendait battre comme un tambour de fête foraine.

Et elle, dans sa tête, elle avait promis de faire à sa façon, comme pour ses parents, d'honorer la mémoire, la présence, de faire deuil et surtout, de protéger ses fuites, chaque fois qu'il aurait envie. Il devait savoir, qu'ici, il avait une amie et même si On l'apprenait, personne jamais n'aurait rien à redire, tout le monde savait ce qui se passait au Centre et que le Sylvain, quoi qu'on dise, quoi qu'il dise, de pire ou de moins pire, n'avait rien à y faire.

Personne ne l'avait jamais compris, lui comme les autres, mais elle, elle savait qu'ils étaient différents, que ça existait et que personne y pouvait rien, ils n'avaient pas choisi. On les avait souvent blessés pour ça, souvent humiliés, rejetés, montrés du doigt comme si c'était de leur faute d'être nés ainsi, avec ou sans ce quelque chose qui les différenciait des autres. Et qui, trop souvent, en faisait des proies.

Le Centre de Thaas

L'endroit jouit d'une vue à 360 degrés sur un parc immense, de plusieurs hectares, loin de toutes habitations, du bruit, du monde.

Plusieurs bâtiments blancs trônent au centre, reliés entre eux par des allées de gravillons gris, tracées au cordeau. Disséminés tout autour, une aire de jeux pour enfants, un court de tennis, une piscine couverte, des jardinets, des potagers, une grande variété d'arbres sur un tapis d'herbe tondue à la perfection.

Un espace clos, ceint d'un muret de pierre, rehaussé d'une haute grille en fer noir. Un portail assez large pour entrer et sortir sans se chevaucher. Et, plus prégnant encore que ce décor visible depuis la route, une atmosphère de paix, d'enchantement, comme un temps suspendu.

Comme si on découvrait là un paradis où tout est à sa place, sans écart, sans la moindre salissure, posé tel quel, encore vierge de toute intrusion.

Un havre longtemps recherché qui semble absorber le regard tout entier.

C'est peut-être ça, cette absence de mouvement qui provoque d'emblée une stupeur, un arrêt sur image pour qui s'arrête et s'attarde à contempler.

On dirait que l'endroit est vide, sans âme qui vive ou respire. On se croirait à un instant T où tout le monde a fui, s'est retiré, dort ou gît ailleurs.

Pas un murmure, un cri, une parole, un souffle.

A peine le chant de quelques oiseaux nichés à la cime des châtaigniers, des hêtres ou des chênes qui eux aussi, murmurent en profondeur, sans oser troubler le grand silence du lieu.

Le bruit semble s'être retiré très loin, si loin d'ailleurs, qu'on peine à imaginer qu'il puisse exister alors même que le Centre abrite pas moins de 35 pensionnaires et autant d'employés.

Pourtant, pour qui serait au fait des us et coutumes du centre, l'heure du midi aurait à elle seule valeur d'explication et déchirerait aussitôt le voile d'innocence qui semble recouvrir l'espace. Cette heure ponctuelle à laquelle personne ne déroge et qui sonne la minute de silence avant chaque repas. Soixante secondes, tout entières figées dans la prière et le recueillement, les mains jointes, la tête baissée et le corps crispé dans sa dernière position. Où que l'on soit dans le centre à ce moment-là et quoi que quiconque soit en train de faire. Soixante secondes offertes à Dieu.

Et à la paix des âmes.

Les Concertistes

Des heures de marche pour rien comme s'il suffisait de tracer la piste du gosse pour croire que l'assassin jaillirait sur le chemin de la même manière que le gosse avait chu aux pieds de Pierre. Bastien fulminait, marcher ne les mènerait nulle part, il fallait poser des questions, taper aux portes, crever les abcès, c'est toujours ainsi qu'on avance sur une enquête et certainement pas en s'usant les semelles pour finir par admirer une jacinthe bleue.

Sauf que Pierre n'en démordait pas et que Julie était d'accord, le gamin était mort, l'enquête quasi close et eux n'avaient rien à faire ici, si ce n'est profiter de leur semaine de vacances comme prévu et au passage, l'air de rien, marcher, fureter, se planter à midi devant la grande grille du Centre et laisser voir venir, comme s'ils profitaient de la région et s'en réjouissaient dans un contentement bienheureux.

Autant dire que pour ce qui était de taper du poing sur la table, il faudrait attendre qu'une bonne raison survienne qui n'était pas encore advenue, n'en déplaise à Bastien.

Lequel convenait de la logique et de la justesse de ce raisonnement sans pour autant parvenir à s'en contenter. Il n'était pas arrivé Capitaine au 36 en restant sur son séant à rêvasser, ébaubi devant la fuite des nuages et la rosée verglacée du matin. Si cette tactique valait aujourd'hui pour La Carpe, elle agaçait pompeusement La Virgule, qui préférait l'action.

Pour la troisième fois, ils étaient attablés devant leur café au fin fond de ce rade paumé, dans un silence de plomb, avec en prime cette fille, la patronne, qui maintenant les regardait fixement quand elle croyait qu'ils ne la voyaient pas et à la dérobade quand Bastien relevait promptement la tête, la surprenant en train de rougir comme une gosse qu'elle n'était plus.

Histoire de se défouler les nerfs et de trouver un exutoire à sa frustration, il allait d'ailleurs en parler à La Carpe qui était en plein roulage de clope, une de plus qui ne servait à rien qu'à empiler les questions sans trouver de réponse quand, d'un coup, elle se retrouva à côté d'eux et dit, abruptement :

- Moi, je le connaissais le Sylvain. Et la Jacinthe bleue, aussi.

Puis, elle déposa précipitamment sur la table un papier et repartit, les laissant comme deux ronds de flan, Pierre, le geste crispé sur sa tige et Bastien, exultant, le sourire jusqu'aux oreilles.

- Alors là, je crois qu'on tient notre graal.

Lui

Au loin le ciel dégueule sa lumière, grille les chairs nues, assèche les sols et craquèle les palais, gonflant les langues. J'ai vu des reportages, là-bas, en Afrique, sous la braise et la fournaise, les enfants meurent de n'avoir rien, alors qu'ici, ils étouffent de trop avoir et de ne pas savoir s'en contenter. Aux confins du monde, là où les hommes meurent dans l'indifférence de ceux d'ici, qui ont tout. Des vautours qui pillent le ventre des affamés, qui les laissent mourir.

Pas étonnant qu'il y ait autant d'ombres sales en dedans de chacun de leur pas, tous coupables, moi aussi, certainement sinon pourquoi naitre avec cette malédiction de voir tout ça. Ce que je vois chez les autres, peut-être est-ce en moi aussi ?

Après tout, je suis de ce côté-ci, les riches. Au centre de Thaas, il n'y a personne pour me contredire, personne d'autre que moi ne voit ce que je vois. Certains se prennent pour Dieu, entendent la voix de Marie ou de Jésus ou du diable, ils ont des envies de meurtres ou de suicides ou d'automutilation, des troubles de l'humeur, de l'anxiété, de l'alimentation, ils souffrent en permanence, parlent dans leur tête. Certains sont plusieurs, un jour l'un, l'autre jour un autre, interchangeables avec tout leur Moi existentiel, tous fous ou tout comme.

Moi aussi peut-être, à force, je vais croire qu'IL a raison même si j'ai vu juste pour mon grand-père. Ma lubie des ombres est une maladie qui m'a emprisonné.

Je ne sais plus rien voir d'autre à part Anne-So, peut-être, c'est même certain, aucune ombre, jamais, à chaque fois, j'y retourne, je la regarde et rien, pas un seul fardeau sur ses épaules.

J'aurais aimé qu'elle soit ma mère. Ou ne pas être né. Ou que tout soit différent. Que le monde ne souffre pas.

Mais pour moi comme pour tout le monde, ici, IL nous répète que c'est impossible. Et pour notre bien, plusieurs fois par semaine, IL branche les machines.

IL

IL c'est le grand Professeur Charles-Hubert de Sausseron, du nom d'un cours d'eau en pays Vexin. Là où il a passé son enfance, digne héritier d'une lignée sur plusieurs générations. Remontant si l'on en croit la généalogie établie à Charlemagne.

IL, le Directeur du centre de Thaas, l'éminent spécialiste des troubles du comportement chez les enfants/adolescents, psychiatre de renom. Un carnet d'adresses aussi épais que le bottin mondain, grande fortune évidemment et la folie des grandeurs qui va avec

A l'initiative de la construction du Centre en 1981, soit il y a 41 ans alors que lui n'en avait que 32, c'est dire, si déjà, tout lui était permis. A l'époque, un jeune chiot tout juste sorti des galons de son père, haut militaire et grand ami du nouveau président élu.

Il y a parfois des amitiés qui comptent au-delà de toute logique.

La messe avait été vite dite et validée sans que personne n'y trouve à redire.

Peut-être sa mère, à l'époque, si on lui avait demandé son avis mais personne ne l'avait fait. Quand bien même, aurait-elle tu ce qui semblait n'avoir été finalement que les frasques d'un enfant turbulent, hyper actif, eu égard à ce qu'il était devenu. Parce que le jeune Charles-Hubert n'avait pas toujours été ce qu'il prétendait être, loin s'en faut mais il s'était racheté une conduite et tout avait été passé sous silence.

Ses crises de violence, ses hurlements la nuit, ses insomnies ou au contraire, ses apathies, ses énurésies, son inquiétante collection de poissons rouges, souris, hamsters, cochons d'Inde et chats. Tous portés disparus un jour ou l'autre ou morts prématurément sans qu'on en connaisse jamais la raison. Et aussi ses alternances entre boulimie/anorexie et son incapacité à entrer sereinement en relation avec les autres. Jusqu'à ses 16 ans où tout avait changé, radicalement.

Un an de thérapie à Lyon, dans le plus grand hôpital psychiatrique de France. Le Vinatier avait soigné ses maux et déclenché sa vocation. Un tournant spectaculaire qui l'avait métamorphosé en adolescent exemplaire, à un âge où justement tout aurait dû être pire mais non, il était rentré dans le rang, accumulant les succès, reléguant au passé, une jeunesse instable, maladive mais soignable.

Ainsi, lui aussi il soignerait les enfants en détresse, personne n'était incurable, il en était la preuve vivante, tout était en soi, la cause et le remède. 41 ans qu'on le laissait faire, qu'on le laissait dire. Qu'IL expérimentait.

Elle

Elle aurait pu en être aussi, des années après, encore enfermée dans les pavillons blancs, dans les chambres aseptisées. Un lit, une armoire, une fenêtre. Elle y est allée d'ailleurs, une fois en 1990, pour ses 48 ans, un sacré anniversaire, juste avant que son père ne meure. Quand elle avait compris pour sa mère et que ceux du village croyaient encore qu'elle en était à seulement lire dans les mains, le ciel, le marc de café, les yeux des gens. Comme à 14 ans quand elle a quitté l'école pour ne plus vivre que dans les bois, que son père a laissé faire, prétendant qu'elle saurait se débrouiller. Il avait déjà compris que sa folie avait versé dans sa fille, que la disparition de sa femme les avait rendus tous les deux inaptes à vivre en société, qu'il fallait ne rien y voir d'autre que de la souffrance. La vie ainsi faite, ils étaient maudits et si sa fille trouvait son bonheur dans les bois, il ne trouverait rien à y redire.

Elle ne mendiait pas, ne volait pas, ne rôdait pas dans les rues, au contraire, elle pouvait rester des heures sur la souche d'un arbre mort à regarder une fourmilière grossir, s'étendre, avaler aux alentours la moindre parcelle de vie et s'acheminer tranquillement vers une mort certaine, dès qu'une mouche parasitoïde se pointait pour pondre ses œufs dans son ventre. Lézards, blaireaux, sangliers, oiseaux n'étaient pas en reste qui devenaient ennemis jurés alors même que la veille, elle les admirait, libres au ciel comme sur terre, à faire leur bonhomme de chemin comme elle, en silence et seuls. Au fond, elle vivait comme son père, dans sa propre tête, il la comprenait et peut-être à sa façon, en la défendant, en ne l'obligeant à rien, il l'avait aimée.

Une fois, une seule, les gendarmes l'avaient embarquée. En 1990. Elle avait soi-disant fait une crise d'hystérie devant l'église, un dimanche, au sortir d'une messe, gesticulant et hurlant qu'elle savait, elle, que sa mère, n'avait pas disparu, qu'elle était morte plutôt, ça oui et que même tout le monde était au courant et même coupable.

Elle était restée une semaine à Thaas. Une semaine avant que son père ne revienne la chercher. On disait qu'il avait donné une forte somme d'argent au Professeur pour qu'il la relâche, c'était le mot qui avait été rapporté à l'époque, *Pour qu'il la relâche.* Et pour ça comme pour le reste, on avait laissé faire, on n'en avait plus parlé. Mais Elle, plus de trente après, elle s'en souvenait. Très bien. De tout.

Eux

Le jour tombe de fatigue, annonçant la nuit, cycle immuable qui prépare les hommes à rentrer chez eux et se fondre dans un sommeil réparateur les conduisant à un nouveau jour et peut-être vers de nouveaux éléments.

Bastien, Julie, Pierre et Marc-Antoine, une fois encore réunis devant le feu de cheminée. Même si la neige n'est pas venue et qu'il ne fait plus si froid mais c'est l'heure des vacances, pour cela qu'on est venu, profiter du grand air pris chaque jour au dehors et le soir venu, de cet âtre aux couleurs chatoyantes qui manque terriblement dans les appartements parisiens.

Le jeune Marc-Antoine est à chaque fois captivé, il a cessé de vouloir à tout prix que son parrain, Pierre, le regarde à défaut de s'occuper de lui, il a bien compris que le soir, les adultes sont captivés ailleurs, autour des mêmes discussions, à refaire un chemin qui ne trouve pas d'issue autour de la mort d'un certain Le Sylvain.

Il a cessé de vouloir prendre une place qu'on ne lui donne pas. La journée il profite de sa mère à 100% et le soir, il les regarde, sagement assis, blotti contre son père. Il entend leur voix, s'en rassure, parfois, il s'endort ainsi, ce n'est plus très important que le grand homme immobile le regarde, il sait où est son avantage.

Et Pierre le remarque, aujourd'hui, la flagrance lui saute aux yeux. Au début, le jeune garçon a voulu se rendre intéressant, il n'a pas réussi, alors il est passé à autre chose, une attitude plutôt saine puisque par ailleurs on s'occupe de lui et qu'il ne manque de rien. En trois jours, l'attitude de Marc-Antoine s'est adaptée, il a même l'air très heureux.

Et pourtant Pierre ne s'en occupe guère, la faute à Bastien et Julie depuis le début qui ne lui ont pas vraiment laissé le choix, croyant lui faire plaisir, lui plaquant le bébé à la maternité, tout fiers de lui annoncer, que s'il le voulait, il serait son parrain.

Qu'est-ce qu'il aurait pu dire ? Il n'avait pas eu le choix, s'était laissé faire. Ils étaient à Paris, lui ici, il s'est dit que ça ne l'engageait pas à grand-chose et de fait, à part quelques soirées passées tous ensemble en trois ans il n'avait guère eu à s'en préoccuper. Peut-être plus tard, en grandissant, il se disait que ça serait plus facile mais il se mentait, n'était pas dupe. Aujourd'hui ou demain, le problème n'était pas là, il avait encore en mémoire, Diane* et Bruce* et évidemment T. Leur absence prenait toute la place, chacun à sa façon. Il savait qu'on ne peut rien promettre, qu'on ne peut jamais protéger tout à fait quelqu'un et il ne voulait pas avoir à revivre ça, cette souffrance inévitable comme une trahison.

*Tome 1 et 2 des Concertistes.

Alors il faisait le minimum mais le minimum c'était déjà un bout de lui, un bout de cœur, et de voir cet enfant tous les soirs devant lui, il savait déjà que c'était trop tard même à le regarder sans oser le toucher.

Il l'observait comme on découvre un trésor et il apprenait. Les va-et-vient, les caprices, sa façon d'embobiner sa mère, de valoriser son père, sans en avoir conscience, à trois ans, il savait déjà aller de l'un à l'autre et en tirer le meilleur.

Et il se disait que Le Sylvain avait dû être pareil, comme tous les enfants du monde, ils ne souhaitaient que ça, le regard des parents, leur attention entière et leur acceptation. Leur amour inconditionnel quoi qu'ils fassent, toujours, quoi qu'ils disent, malgré eux. Même si dans leur tête, un jour, quelque chose se déréglait.

Jamais un enfant ne pouvait envisager qu'on l'abandonne, qu'on le place dans un centre et puis qu'on l'oublie, qu'on en vienne à se suicider, à définitivement l'abandonner.

Marc-Antoine était en train de lui raconter tout ça, sans mot, juste à sa façon d'être là et de le voir ainsi, il voyait le corps du Sylvain, l'autre matin, cette étoile de mer posée sur un rivage de mort et d'oubli, complètement seul.

Et oui il avait mal, une fois encore, il était parti loin de Paris, des fous, des furieux, des assassins, des sanguinaires pour ne plus jamais subir cela.

Mais *la Chienne de Mort* était revenue. Il la sentait partout à présent, elle rôdait autour de lui, il devait s'y opposer, en protéger son filleul. Sinon elle reviendrait Il le savait.

JEUDI

A l'impossible, je suis tenu.
Jean Cocteau.

On

Cette nuit, le froid est revenu plus mordant et incisif que prévu comme s'il fallait provoquer gerçures, tremblements, recroquevillement, comme s'il fallait que soient signifiés aux habitants de Pleurs, l'inconfort, la dureté et la rugosité de l'événement et que leur soit économisé le confort d'aller mettre en terre un jeune garçon qui n'aurait jamais dû mourir si jeune.

Un enfant du pays qui avait traversé la vie sans que rien ne lui soit épargné.

La mort de ses parents, la folie de son âme, la solitude de sa dernière heure.

A peine une poignée de gens pour saluer sa dernière demeure, une messe vite dite, un curé qui ne l'avait pas connu, des élus guère plus et quelques vieux accrochés aux bras de plus jeunes, qui ne faisaient que passer, sans mot dire, devant un cercueil triste.

Un village solidaire dans l'obligation d'un deuil qui ne les concernait plus depuis longtemps ou peut-être une raison de sortir, d'en apprendre un peu plus que ce qu'ils en savaient. Ou encore de montrer qu'ils étaient là, malgré tout.

Mais réellement, qui l'avait connu depuis toutes ces années qu'il était à Thaas ?

Vers qui il était allé toutes les fois où il était sorti ? Qui s'en souvenait encore quand enfant, il montrait du doigt l'ombre géante d'un tel ou d'une telle, marchant au soleil et qu'il criait *ah tu vois, amman, lui aussi… Il en a une…*

Personne en réalité.

A part Anne-Sophie qui l'avait ouvertement admis hier en glissant aux Concertistes un bout de papier et en leur donnant rendez-vous, aujourd'hui, juste après l'enterrement, quand tout le monde irait boire un verre dans son bar comme il était coutume de le faire.

Pourtant, Pierre a décidé qu'il irait seul. Il a laissé Bastien, Julie et le gosse à la maison, leur place n'est pas au village, ça ne concernait que les locaux et lui aussi, un peu, depuis quatre ans, même s'il n'avait jamais fait l'effort de parler à beaucoup de monde.

D'ailleurs, il avait beau scruter la vingtaine de personnes présentes, à part Anne-Sophie, la femme à la télé, les élus et les visages croisés ici et là, véritablement, il n'en connaissait aucune.

Il dévisagea pourtant ouvertement celui qu'il pensait être le Professeur Charles-Hubert de Sausseron, le regard droit, fermé, saluant tout le monde d'un mouvement de tête altier, impeccablement vêtu d'un manteau de cachemire gris et arborant une canne de luxe avec une poignée argent, sur laquelle il semblait prendre appui pour chacun de ses mouvements comme si sans elle, il était près de s'écrouler.

Pierre remarqua qu'un peu de sueur lui coulait aux tempes, signe qu'il devait surement faire un effort pour rester debout sans paraitre réellement souffrir.

Bastien lui avait rapporté qu'il avait été auditionné dès les premières heures de la mort du jeune Brasse mais que c'était plus pour la forme que le fond. L'homme avait le bras long comme une voie lactée, une réputation sans tache et donc personne n'avait cherché à creuser quoi que ce soit. Quand bien même il y aurait eu matière à, Pierre était certain que cela lui aurait été épargné.

Cette cérémonie était pour Pierre une mascarade.

À part Anne-Sophie, il n'y avait personne pour pleurer le jeune Brasse, d'ailleurs les joues étaient sèches et les regards neutres. Seule la jeune femme faisait montre d'une véritable peine, ça s'était vu au moment de jeter une rose blanche au fond du trou, elle s'était signée plusieurs fois sans pouvoir retenir ses larmes, Pierre en avait été ému puis, à son tour, il avait jeté une clope préalablement roulée en murmurant pour lui-même et à l'attention du jeune défunt une promesse pour que justice lui soit rendue.

Rien n'indiquait pourtant que ce soit autre chose qu'un accident et que justice ou lumière dussent être faites. Rien si ce n'est ce foutu Inclus qui s'était rappelé à lui et qui revenait le titiller au moment de sortir du cimetière.

Une très très vieille femme arrivait en sens inverse, elle marchait tête haute, à petits pas, habillée de fichus colorés et d'haillons semblant provenir d'un autre temps comme il se faisait l'idée d'une bohémienne au siècle dernier. Un regard noir, presque diabolique juste au moment de le croiser, des yeux perçants qui l'avaient scruté froidement. Il avait ressenti comme un frisson lui parcourir l'échine, toute cette violence contenue dans sa démarche l'avait percuté. C'est comme si elle se forçait à marcher doucement alors même qu'on sentait en elle, une force brute et peut-être même plus, une volonté d'en découdre.

Julie

Une heure qu'elle voyait Bastien faire semblant, sa *Jambe pile* en alerte comme si elle voulait se dérober à lui et courir rejoindre Pierre.

Il était bloqué ici, tout l'après-midi avec elle et le petit Marc-Antoine, pendant que Pierre se rendait à l'enterrement. Elle l'avait vu sauter de joie, dire que c'était une bonne chose, qu'il lui devait bien ça à sa Julie et au petit mais ça n'avait duré que le temps de faire un puzzle, de jouer aux cartes et de s'essayer à un coloriage, déjà, elle le voyait qui s'impatientait.

Elle le sentait fébrile, pressé d'en finir et de retrouver son complice, le regard continuellement tourné vers la porte comme si elle allait s'ouvrir d'un seul coup et ainsi lui donner la permission de sortir. Elle le connaissait si bien et même par cœur qu'elle ne pouvait lui en vouloir. L'aurait-elle fait que ça n'aurait rien changé. Bastien était ainsi fait avec la justice chevillée au corps et tant que d'une façon ou d'une autre, elle ne serait pas rendue, il ne serait pas tranquille, n'en démordrait pas, ne penserait qu'à ça, ne vivrait que pour ça. Quand bien même, elle était sure qu'il les aimait, elle et son fils, il attendait le retour de Pierre, aux aguets de tout ce qu'il aurait à dire de ce qu'il avait vu ou entendu. Venir ici avait été une fausse bonne idée, elle l'avait compris dès l'instant où la mort était rentrée dans l'équation. Quelle que soit cette mort, elle ramenait les Concertistes à leur duo et tant qu'ils ne seraient pas fixés, ils ne lâcheraient pas l'affaire, ni l'un ni l'autre. Elle avait été conciliante et avait cru pouvoir composer avec mais ça ne rimait à rien. Ils s'entravaient mutuellement dans leur quête respective. Elle, elle n'arrivait plus à profiter pleinement de ses vacances soi-disant au vert tirant sur le noir morbide. Eux étaient contraints de lui concéder du temps et de l'énergie alors qu'ils trépignaient de pouvoir avancer sans entrave. L'ambiance était saturée de cette enquête poisseuse et sans réelle consistance qui balafrait leurs journées de questions laissées en suspens, comme un couperet prêt à tomber, sans qu'on sache ni quand ni comment. Il était temps d'en échapper. Elle allait les soulager et leur dire qu'elle partirait avec Marc-Antoine, le lendemain matin, par le premier train. Bastien pouvait bien rester trois jours de suite avec son compère, il les retrouverait dimanche et c'était tout aussi bien.

De plus, elle était convaincue que cette enquête n'était qu'un prétexte à reformer un duo qui n'en était plus un depuis longtemps, il fallait qu'ils se dépatouillent de ça tous les deux tout seuls et qu'ils envisagent un jour, de fonctionner autrement, sans cadavre entre eux.

Elle

Tous les gens du village l'ont vue arriver alors qu'ils quittaient le cimetière, peu l'ont reconnue. L'ancienne femme du boulanger peut-être, pas sûre, qu'elle croyait morte d'ailleurs. Quel âge elle a, maintenant, la vieille bique ? Au moins 100 ans. Toujours aussi vicieuse et mesquine, semble-t-il. Elle l'a bien vue qui tenait son sac contre son ventre, comme avant, derrière sa caisse, qu'elle ne concédait rien, ni ristourne, ni rabais, ni crédit, pas comme son homme qui lui laissait chaque matin, à sa pause, quand il avait fini le pétrin et que de la farine plein le visage, il fumait sa gauloise, un petit sachet de viennoiseries posé à l'abri, sous sa chaise.

Il savait que la fille des bois viendrait. Lui, il disait ainsi, la fille des bois, elle ne lui faisait pas peur. Pour cause, c'était une enfant et ça se voyait qu'elle avait faim. Son père, l'idiot, avec sa chimère de croire que sa femme lui reviendrait, du haut de son pont et de sa souffrance, il la délaissait, le boulanger en avait souvent le cœur lourd ou coupable comme tous les gens qui savaient et se taisaient. Alors pendant des années, chaque matin, il lui avait laissé un sachet de pain, de croissants et de brioche et sa femme n'y pouvait rien. Ça lui plaisait, même, de faire ça dans son dos, de lui tenir tête, au moins une fois.

Elle était devenue mauvaise, il le savait, tout le village le savait mais il l'aimait parce qu'elle n'avait pas toujours été ainsi. Ah ça non. Mais un lit sec, sans enfant, dans un village où les minots des autres couraient par les rues, chaque jour, en gueulant de toute leur force la vie qui coulait en eux, ça l'avait rendue un peu folle, toute rabougrie, serrée en elle et un jour elle n'avait plus rien délié. Mais lui il était resté parce qu'il savait. Peut-être pour ça aussi, qu'il comprenait le père de la fille des bois et qu'il en prenait soin. Le malheur de perdre sa femme et de l'attendre tout le restant de sa vie, sans savoir, fallait bien faire un geste pour compenser tout ça. Le pain c'était la vie, avec un peu d'eau et un toit pour dormir, il n'en fallait pas plus pour survivre. Au moins la petite savait que chaque jour quelqu'un pensait à elle, c'était déjà ça.

Sa femme pouvait bien tenir les cordons de la bourse et du bonheur enfui, le pétrin, le four, les miches, c'était son domaine et la Marie le savait bien qui revenait souvent, attendre derrière le vieux grenier à blé, que quelqu'un, un jour, dépose encore un sachet de cette douceur qui l'avait maintenue en état de longues années. Mais du boulanger comme de l'antique boutique, il n'était rien resté, que la vieille bique qui ne l'avait même pas vue. Dommage, ça lui en aurait fait de la sueur froide mais elle avait préféré garder son regard pour le grand bougon, qu'il comprenne dans ses yeux que quelque chose se tramait.

Les concertistes

- Tu n'as pas pu résister, alors ? Et ta Julie, et le petit, ça va ?

Pierre souriait, gentiment, un tantinet taquin.
Comme il s'y était attendu, Bastien avait fini par le rejoindre au Café, n'avait pas pu attendre comme convenu qu'il rentre pour lui faire le compte rendu. C'était à parier mais tout de même, il avait espéré perdre son pari pour une fois. Ça lui aurait plu de continuer d'être là, seul, au milieu du brouhaha ambiant, au milieu de ces villageois venus trinquer au jeune gars parti rejoindre ses ombres. C'est ainsi qu'ils en parlaient, à mots couverts, le povr' petiot, qui n'avait jamais grandi dans leur regard et qui était resté le fou du village. Ceci dit, il y en avait toujours un. Avant lui, c'était la Marie, parait-il qu'on n'était pas sûr de ce qu'elle était devenue, si elle vivait encore dans les bois et comment, parce que personne n'y allait plus, là-bas, même pas les jeunes qui ne couraient plus les sentiers comme les anciens. Y en avait que pour les portables, les jeux vidéo, les consoles, les trottinettes. Le monde avait changé et on ne savait pas vraiment si c'était pire ou pas. Parce que le monde changeait à chaque génération et que, d'un aïeul à l'autre, les mêmes soupirs se répétaient d'un temps ancien où… Mais elle vivait encore la Marie puisqu'on l'avait vue revenir et ça, ça surpassait presque la mort du petit.

Et lui Pierre, il écoutait d'une oreille attentive, ce qui se disait, ici comme à Paris, dans tous les bistrots du monde. La vie et ce qui tourne autour, jamais dans le bon sens, toujours en butte sauf que là, quand même, ça parlait beaucoup sans savoir. C'est Anne-Sophie, qui le lui avait dit, entre deux tournées et des sourires distribués à tour de bras, que le mieux, s'il voulait vraiment savoir, c'était encore d'aller voir la Marie ou elle mais une autre fois, sans personne autour d'eux et que c'était peut-être pas une si bonne idée tout compte fait d'en parler aujourd'hui, y avait trop de monde, trop d'oreilles, trop d'inconnus et elle avait jeté un regard alentour comme si elle découvrait des gens qu'elle n'avait jamais vus et que c'était déjà trop pour elle, toute cette agitation.

A ce moment, Pierre avait acquiescé d'un sourire bienveillant puis il avait reculé du bar et était venu se rasseoir à sa table habituelle, celle où depuis trois jours, il refaisait l'histoire avec Bastien, lequel avait surgi sans qu'on l'y attende et devant la question ironique de Pierre, avait fait mine de s'en offusquer.

- Evidemment que je suis venu, j'étais certain que tu serais tout seul, à ta table comme un con au lieu d'en profiter pour faire la causette. T'as besoin de mon aide, peut-être ? Et ma Julie aussi le savait. C'est même elle qui m'a demandé de déguerpir.

- Elle a surtout dû voir que tu trépignais, ouais et elle a eu pitié mais bon, passons, t'es là et ça ne va pas me servir plus. Ce n'est pas le moment, dixit la petite derrière son bar. Elle préfère qu'on repasse et je t'avoue que ça m'arrange, viens je te raconte en chemin…

Sur le chemin, Pierre avait rendu compte à Bastien de la piètre messe à laquelle il venait d'assister, du Grand Professeur qui avait fait une entrée qui se voulait chaleureuse mais que lui avait jugée hautaine et d'une femme, très très vieille, qui s'en venait alors que le cortège s'était dissous et qu'il ne restait plus personne autour de la tombe. L'ancêtre l'avait regardé avec presque de l'agressivité, sans détourner son regard, comme si elle voulait provoquer quelque chose en lui
Peut-être était-ce cette Marie qui était de toutes les bouches ? A laquelle, même Anne-Sophie avait fait allusion, disant que s'il voulait vraiment savoir, il lui faudrait la rencontrer.

- Qu'est-ce que tu crois qu'elle veut dire, par *vraiment savoir* ? Tu crois qu'elle aussi, elle ne croit pas à la thèse de l'accident ? avait répondu Bastien, heureux d'envisager qu'il puisse y avoir une suite à cette nébuleuse et fantasque histoire.

« Nébuleuse et fantasque histoire » avaient été les mots employés par Julie pour l'encourager à foutre le camp. « Foutre le camp » avait aussi fait partie de son vocabulaire. Elle en avait assez de le voir rester là quand son esprit était ailleurs. Ce faisant, elle lui signifiait qu'elle le comprenait même si… Même si encore une fois, il avait promis et se défilait, même si Marc-Antoine serait déçu, même si c'était à chaque fois la même rengaine concernant son boulot et que ça devenait lassant. Il n'avait même pas feint de prétendre le contraire, il savait qu'elle lisait en lui comme à ciel ouvert, il se promit intérieurement, que plus tard, il saurait se faire pardonner.

Le Grand Professeur

IL a rempli le job, s'est montré compatissant, n'a pas failli. Et pourtant la douleur a été insupportable. IL a bien cru, que même avec la canne, Il n'allait pas tenir. Deux ans maintenant qu'IL subit sciatique sur sciatique, sa colonne vertébrale est en inflammation constante, arthrose irréversible, les corticoïdes ne lui font guère d'effet, les séances de kinésithérapie pas plus. Sûrement et c'est même certain qu'IL en a plein le dos de toutes ces conneries, trop vieux pour jouer encore les grands pontes. Quarante ans qu'IL est sur le pont, ça commence à bien faire et tout ça pour quoi ? IL se le demande de plus en plus souvent.

Ce n'est pas comme s'IL avait réussi à soigner tous ces pauvres hères qui lui sont passés entre les mains, le jeune Sylvain comme les autres, enfermé dans son mutisme, victime de ses hallucinations à tendance schizophrénique ou pas, d'ailleurs.

C'est une de ces nombreuses questions sans réponses qui ne cessent de le hanter. Qu'est-ce qui a marché pour lui qu'IL n'a pas réussi à faire pour les autres ? Combien de centaines de patients ont transité dans son centre toutes ces années sans qu'IL ne puisse rien y changer ? Pourquoi les électrochocs ont fonctionné sur Lui et pas sur eux ? Qui a-t-il réussi à vraiment guérir ? Combien sont morts ?

À quel moment, quelqu'un va se poser toutes ces questions et venir fouiner dans ses archives ?

Avec le jeune Sylvain, il l'a échappé belle, la thèse de l'accident a été retenue, c'est à peine si les gendarmes se sont excusés de le déranger et de devoir lui poser des questions, heureusement qu'Il jouit d'une solide réputation. Tous biens contents que son centre abrite tous les paumés de la terre et tous trop lâches pour vraiment savoir ce qui s'y passe. La presse, les institutions et les familles, tout le monde s'en fout, l'important est que ce qui se passe à l'intérieur ne déborde pas au dehors.

Alors il en a profité, bien, beaucoup, longtemps. Ça, Il s'est gavé d'argent mais d'aucune réussite. Est-ce que ça le bouffe aujourd'hui ? C'est une certitude. Parce que tout de même, pourquoi lui et pas les autres ? IL ne leur a rien fait d'autre que ce qu'on lui a fait, des électrochocs à la pelle et pas mal de médocs en sus.

A croire que Lui n'était pas si malade que ça. Peut-être même ne l'a t'il jamais été ?

Sa passion des cadavres d'animaux ne lui a jamais passé mais qui ça a gêné ? Hein, qui ? IL s'est toujours limité aux petites espèces. Les chats, les volatiles, les tortues, les taupes et ces foutus ragondins qui chaque année sont venus peupler et repeupler son cours d'eau, qui n'appartient pourtant qu'à Lui, en bas de son domaine, là où personne ne va parce que c'est aussi le cimetière de toutes ses bêtes, mortes par dizaines. Heureusement qu'Il s'en est occupé avant être totalement envahi et merci qui ? Merci Professeur.

Cela ne l'a pas empêché d'accomplir sa carrière, de créer une structure qui rapporte des millions d'euros et par-dessus tout, il ne faut pas l'oublier, procure de la tranquillité à nombre de familles qui sans cela ne sauraient pas quoi faire.

De toute façon, personne n'attendait de lui qu'IL réussisse là où tout le monde échoue.

Personne ne soigne jamais les maladies psychiques, tout le monde le sait. Ce que veulent les hommes de loi et du peuple, c'est un semblant de cadre, de cohérence. On les parque et on avise, en sachant bien que tout restera en l'état.

Le jeune Sylvain comme les autres. Encore que pour lui, IL a toujours eu des doutes. Ce que voyait ce gamin comportait une réalité prouvée, y'a pas à dire, ses hallucinations étaient des vérités avérées, cachées dans le secret des histoires familiales et c'est surtout ça qu'on a voulu endormir à l'époque. Les secrets, les mensonges, les trucs moches que chacun porte en soi, bien sûr qu'il ne fallait pas que ça sorte.

Par contre, personne n'a jamais compris comment le môme savait toutes les choses, personne n'a jamais cru à ses hallucinations, ils avaient tous trop peur qu'il existe une preuve quelque part qui les accable et que, sans qu'on ne sache comment, le gamin possédait.

Alors sa mère l'a fait enfermer, la pauvre, qui subissait l'hostilité du village. Le gosse aurait dû se taire, ça c'est une évidence, il aurait juste fallu qu'il dise même que ça y est, il ne voyait plus les ombres ça aurait suffit mais il y tenait le bougre. Ce n'était pas de la magie ni une recherche frénétique dans les tiroirs de famille, il voulait que soit reconnue sa vision. L'imbécile !

Comme si Lui, Le Professeur, on lui avait permis de continuer à se scarifier ou à mutiler les animaux. Bah non, évidemment. Il avait appris très vite, une année au Vinatier tout de même, à jouer le jeu. Il était rentré dans son rôle et hop, affaire classée. Plus tard, bien plus tard, il a pu laisser libre cours à sa folie en portant un joli masque de respectabilité et ça avait fonctionné.

IL a bien tenté de le dire au Sylvain comme à quelques autres mais ces idiots n'en démordaient pas, des purs et durs qui ont tout perdu, leur liberté, leur dignité, et surtout leur tête à mesure que le temps, les électrochocs et les médocs pourrissaient leur corps.

Ils avaient tout à y gagner pourtant, surtout le Sylvain mais lui plus que les autres n'a jamais voulu renoncer. Il avait compris pour le Grand Professeur, il les avait vu ses ombres, tous ses méfaits planant autour de lui comme un voile noir posé en permanence et ça lui en a valu des séances et des séances d'électrochoc. Pour rien !

A croire qu'en plus de la folie, ils étaient tous bêtes et Lui seul, intelligent, comme son nom l'indique,

Le Grand Professeur qui n'a jamais soigné que de pires élèves.

Et maintenant qu'approche la fin, personne ne sera là, après lui, pour prendre sa relève et ça, oui, véritablement, ça lui scie la colonne vertébrale, ça l'irradie comme un feu de joie qui grimace en un vieux masque de clown prêt à lâcher la rampe.

Ça lui donnerait presque envie de tout bruler.

Le centre, les fous, son histoire, sa réputation.

IL a tellement tout contenu toutes ces années.

Pourquoi, lui aussi, ne laisserait-il pas libre cours à ce qui l'habite ? Que soit montré au monde entier que cette folie n'est plus dans les murs mais partout, hors les murs. En chacun, c'est une évidence, il en a tellement croisé des comme lui.

Les fous les plus dangereux sont ceux qui s'ignorent. Et non, ils ne sont pas tous enfermés.

Anne-Sophie

Une nuit ocellée d'étoiles comme autant de regards jetés sur le monde. Peut-être un Dieu aux mille milliards de visages, une tribu d'ancêtres, ses parents ou même, à présent, le Sylvain. Peu importe, au fond, si son message arrive à bon port, l'idée est - agenouillée devant sa fenêtre, le visage baigné de larmes, tendu en une prière au creux de la voie lactée - de trouver quelqu'un à qui confier sa journée, d'apaiser sa nausée et tenter de retrouver un équilibre avant d'arriver au jour nouveau.

Longtemps, Anne-Sophie avait cru qu'il n'y avait ni bien ni mal, juste la vie, jour après jour, à ouvrir le café, servir les gens, les écouter, les rendre heureux, et puis le soir venu, prier dans son lit en remerciant un Ange fabriqué de toutes pièces d'après le souvenir de ses parents fusionné à toutes les images saintes qu'on voyait dans les églises. Une sorte d'entité qui englobait leur bonté, leur bienveillance, leur sacrifice et qui attendait chaque soir, qu'elle leur fasse un bilan. Ils devaient bien s'ennuyer là-haut, sans elle, tout comme elle sans eux, elle ne doutait pas que le manque soit réciproque, la peine aussi, des années après.

Et puis, par la force du temps, des années, de sa solitude, elle a bien vu que rien de ce monde n'était fait d'un bloc. Sitôt ses parents enterrés, en fait, quand il avait fallu se coller à la vie sans le rempart de leur amour, le choc avait été brutal, aussi brutal que ce soir.

Toutes ces voix entendues au café pour dire le Sylvain maintenant qu'il n'est plus et la Marie et les vieilles histoires, du bon et du sordide qui l'obligent à prier plus longtemps que d'habitude et à attendre une réponse.

De là-haut où, elle l'espère, ils sont à présent tous réunis, papa, maman, petit Sylvain.

Alors elle raconte comme ça vient, le cimetière et la Marie et les éloges et les bassesses et les deux flics qui sont venus. Elle vide son sac comme disait sa mère, sans rien omettre, en balançant tout puis elle se lève, va se coucher, tremblante de froid d'avoir laissé tout ce temps la fenêtre ouverte et aussitôt recroquevillée sous les draps, s'endort.

Nul doute que cette nuit, elle rêvera et que quelqu'un viendra, une bête ou un humain avec une phrase toute simple qu'elle comprendra et alors elle saura, si elle doit rompre la promesse faite au Sylvain, il lui avait fait jurer de ne rien dire mais c'était quand il était vivant, maintenant qu'il est mort, tous ses secrets ne servent à rien et puis ils sont trop lourds à porter pour elle toute seule, en plus, ils ne lui appartiennent pas. Elle le sent qu'elle doit s'en débarrasser, d'ailleurs, elle a commencé à le dire aux deux hommes mais elle aimerait quand même savoir si son ami est *d'accord de chez raccord et top là* comme il disait toujours.

VENDREDI

*« L'histoire a beau prétendre
nous raconter toujours du nouveau,
elle est comme le kaléidoscope :
chaque tour nous présente une configuration
nouvelle, et cependant ce sont, à dire vrai,
les mêmes éléments qui passent
toujours sous nos yeux. »*
Schopenhauer.
Le monde comme volonté et comme représentation.
Chapitre XLI

Eux

C'est le départ, dans les larmes, un déchirement. Marc-Antoine ne veut quitter ni son père ni *Pier'-ot* comme il dit, en avalant presque le *Pier'* et en hurlant sur le *ot*. Il cherche les bras de l'un et l'autre alors même que Pierre ne l'a pas touché de tout le séjour. C'est comme si c'était maintenant ou jamais, qu'il faille se lancer avant de partir, et trouver refuge au moins une fois dans ce grand immobile qui semble effrayé de ce qu'on lui demande.

Bastien pallie tant bien que mal cet inconfort et tente de calmer l'enfant en lui promettant de les rejoindre vite, à peine trois dodos et presque autant de tours de manège au parc, qu'il sera déjà là.

Quelques instants avant, rien ne laissait présager pareille distorsion des émotions, même

Julie en est étonnée, son fils est plus sensible qu'il n'en a l'air. Il voit, entend, ressent les choses même quand elle le croit en train de jouer et qu'il ne semble pas interagir avec les choses qui l'entourent et puis d'un seul coup, sa tristesse explose tout comme sa joie, jamais dans la demi-mesure comme si tout était à chaque fois retenu, ou contenu ?

En fait, il ne semble guère aimer les changements. C'est comme un chaos au-dedans de lui, comme si on lui défaisait son univers. Ce n'est pas la première fois qu'elle le réalise mais cette fois-ci, c'est flagrant.

Au moment de partir, il y a eu comme un déclic qui a rompu les digues et qui montre au grand jour, qu'un lien a été établi avec Pierre, à l'insu de tout le monde. Il faudrait que son parrain, d'une façon ou d'une autre, fasse quelque chose. Pas seulement pour endiguer le flux présent mais aussi pour rassurer le lien futur, il faudrait qu'il ne reste pas absent et éloigné de ce qui est en train de se jouer malgré lui.

Julie le voit comme elle l'a souvent vu devant Marc-Antoine, tout à la fois, tiraillé, maladroit, apeuré, pressé d'en finir et en même temps, tenté. C'est comme un geste qui avance et recule en même temps, comme un élan pris dans les rets d'un grand questionnement et pour défaire ces nœuds, qui n'échappent pas à Bastien non plus, Julie prend le parti de faire la seule chose qui convient de faire, elle ôte Marc-Antoine des bras de Bastien et sans attendre un quelconque assentiment ou qu'un miracle vienne rompre cette espèce de sortilège qui mortifie Pierre, elle lui colle l'enfant dans les bras.

Une seconde suspendue, un grand silence et le petit se met à rigoler sans préavis, passant des larmes au rire, heureux d'avoir gagné la bataille et de planter ses billes immenses au fond du regard noir de Pierre. Pierre qui n'en revient pas, il est là, le môme dans les bras et rien ne se passe, rien de ce qui le hante depuis toujours.

Lui

J'ai eu beaucoup de chance dans ma vie.

D'abord il y a eu ma mère, bien sûr, avant qu'elle meure.

Puis Mlle Lacoste, au centre de Thaas, mon infirmière.

Et aussi Anne-Sophie lors de mes fugues

C'est quand même beaucoup de lumière pour un seul type qui marche au milieu des ombres, beaucoup d'amour pour un enfant qui n'en croit pas ses yeux.

Evidemment il y a eu tout ce qu'on sait de mon histoire, la peur, les médisances, la pression qu'ont subie mes parents, mon internement, puis l'accident de mon père. Trop d'anxiété, lui si prudent, ça n'aurait jamais dû arriver, je pense même que c'est de ma faute, la honte que je lui faisais. Mon ombre à moi que je me suis trainée avant que celle de ma mère vienne en rajouter une couche. Bien sûr que c'est moi qui les ai tués, tous les deux. Ma mère, pauvre femme, qui a perdu les pédales, à elle aussi, ça lui a fait trop de soucis. Pour elle, après mon père, que quand même ça aurait dû m'alerter, j'aurais dû me taire mais j'étais trop jeune. Je ne savais pas tout ce que j'ai appris en grandissant.

Et ils sont morts et ce sont mes ombres, je ne vaux pas mieux que les autres.

C'est pour ça que j'ai arrêté de parler, de dire tout haut ce que je voyais ou pas.

Quand j'ai su pour ma mère, qu'Anne-Sophie a été obligée de m'avouer, parce que je ne savais pas où aller, qu'à la maison il n'y avait plus rien ni personne et qu'On ne m'avait pas prévenu. Avec ma mère morte, j'ai su que j'avais tué mes deux parents, je ne me suis plus battu, j'ai laissé faire comme tout le monde laisse faire tout le temps. Quand la culpabilité est trop forte, on ne s'insurge plus. Il a eu beau faire le Grand Professeur, pilules ou électrochoc, je m'en foutais. Moi aussi j'ai tué des gens, mes propres parents, pas moins que ça.

Le centre, au final, c'était bien mérité, ils avaient tous raison, je n'allais même pas essayer de m'en sortir, tant pis pour les combines du Grand Professeur qui voulait que je fasse semblant. Ça serait ma punition jusqu'au bout. Même Mademoiselle Lacoste sur la fin avait compris que je ne lâcherais rien.

Mlle Lacoste, c'est l'infirmière qui s'est occupée de moi à mon arrivée et tout le temps où j'étais là-bas, une brave femme qui n'avait pas eu une vie facile elle non plus.

Vieille fille, sans enfant, un boulot qu'elle aimait, ça elle n'arrêtait pas de le répéter mais qui lui brisait le cœur, chaque jour, pendant des années. Elle était ainsi Mlle Lacoste avec une âme de sacrifice qui prenait tous nos malheurs sur ses épaules. Ça se voyait quand elle nous écoutait, elle absorbait tout et puis elle s'en allait. On ne savait pas ce qu'elle faisait avec tout ça, nos peines, nos névroses, nos maladies, nos mauvaises graines qu'on plantait partout, n'importe comment, juste parce qu'il fallait que ça sorte.

Elle, elle disait qu'elle allait les porter en terre, dans un grand champ, et que ça lui faisait rien, elle en avait vu d'autres, qu'elle disait et puis on était comme ses enfants alors elle faisait ce qu'elle avait à faire, ni plus ni moins, c'était sa mission. Et quoi qu'en dise le Professeur, on ne méritait pas ce qui arrivait, tout ça, ça n'avait jamais été de notre faute.

Mais moi je l'ai vu au fil du temps comment elle se courbait, et ses cheveux qui devenaient de plus en plus blancs, et ses yeux qui perdaient leur éclat, et son sourire qui se mouillait de plus en plus souvent parce que l'un ou l'autre, on revenait blessé des séances du Professeur et que rien ne s'arrangeait vraiment.

Qu'elle n'arrivait plus à le croire, lui et ses méthodes. Trop d'impuissances quotidiennes et de douleurs et de vanité.

Un jour elle m'a dit que je devrais m'enfuir pour de bon, refaire ma vie ailleurs. C'était une semaine avant de fuguer.

Avant de mourir.

Personne ne viendrait me sauver, je devais partir, essayer au moins, ailleurs, autrement.

Y en a qui s'en étaient sortis, elle était prête à me donner de l'argent, comme parait-on, on avait fait pour La Marie, c'est une histoire qui se racontait.

La Marie, son père, il avait payé le Grand Professeur et elle, elle avait pu en réchapper de tout ça. Alors pourquoi pas moi ? Suffisait que je le veuille.

Mais je ne voulais pas. Ou plus.

J'avais compris que mes ombres à moi me suivraient partout où j'irais. Que moi aussi, maintenant, j'étais comme les autres, pas mieux, peut-être pire puisque c'est ma folie de voir les ombres qui avaient tués mes parents.

Et non, je n'allais pas me débiner ou faire semblant ou me cacher dans les secrets.

Il faudrait bien que j'assume. Ou que je meure.

Mademoiselle Lacoste

Si ça continue, je finirai ma vie aussi transparente qu'elle a commencé. Aujourd'hui encore, personne ne m'a remarquée, même pas le Grand Professeur qui m'a presque frôlée et n'a pas daigné me saluer. J'étais pourtant là, au cimetière, au milieu des autres, vue, pas vue, je ne sais pas, trente ans que je travaille pour Lui et je ne suis pas certaine qu'IL sache réellement qui je suis.

En même temps, c'est vrai, je l'ai voulu. Me fondre dans la masse, user d'un relatif anonymat, faire mon boulot, ne pas faire d'éclat. Le prix à payer pour être présente au quotidien, avec tous ces gamins, leur donner ce que personne n'a jamais fait, du temps, de l'écoute, de la présence, à chaque fois qu'ils sortaient de voir le psy, ou de se faire machiner, oui c'était comme ça qu'on disait entre nous, machiner, robotiser, et bien, j'étais là.

Et eux me voyaient, pour eux, j'existais, c'était un libre échange entre nous, ils ne le savent pas mais ils m'ont rendu la place que je n'ai jamais eue et je leur ai toujours redonné celle qu'on voulait leur voler.

J'ai été déposée y'a longtemps sur le parvis d'une église, personne ne sait d'où je viens. J'ai vécu chez les religieuses, priant chaque jour pour qu'on me garde et qu'on ne me remette pas sur le trottoir, j'ai fait ce qu'il fallait, toujours, pour glisser partout où j'allais, être là et ne pas y être, un peu irréelle. Je suis devenue infirmière par évidence. Guérir, être guéri c'est la même chose, non ! Je comprenais l'abandon que pouvaient vivre ces gosses et toutes les folies qui pouvaient leur passer par la tête, ils étaient en souffrance et la souffrance à l'usure, ça peut rendre fou.

Moi, mon métier m'a sauvé. Je suis restée transparente parce que je l'ai bien voulu, le Seigneur m'avait assigné cette place, je n'allais pas me battre et j'ai eu raison.

Entre mes patients et moi, c'était au-dessus de ce que j'aurais pu espérer d'une vie qui avait commencé comme un vulgaire paquet de linge sale à ras de terre, c'est eux qui m'ont fait exister, ils avaient une totale confiance en moi.

Surtout le Sylvain, mon préféré, c'est vrai. Y en a toujours un au milieu de la portée. Les animaux ne sont pas différents de nous, y a toujours celui qui sort du lot, c'est injuste mais c'est comme ça et que les parents ne viennent pas me dire le contraire, ces hypocrites qui viennent ici soulager leur conscience, une fois par mois ou par an ou même jamais et qui repartent vers leur vie propre, sans chaos, sans enfant à problème.

Problème, le mot à balayer selon le Grand Professeur. Jamais de problèmes quoi qu'il se passe, que des solutions. C'est pour ça que le Centre existait, pour ça que nous étions payés, grassement, c'est vrai aussi et dans la région, c'était une manne.

Quiconque rentrait au Centre ne voulait plus en sortir, quoi qu'il se passât, tout le monde fermait les yeux, encaissait son beau salaire et se taisait.

Et pourtant, y aurait eu à dire. Sur les repas trop frugaux, les rares sorties, le « biberonnage » médicamenteux, la salle des machines, tous ces gamins qu'on laissait végéter parce que de toute façon, ils étaient irrécupérables.

Le faste déployé une fois par an lors de la grande fête annuelle. Donateurs, bienfaiteurs, familles, amis, partisans, tous conviés à applaudir le Grand Professeur. Les jardins au cordeau, les équipements de pointe, les loisirs à disposition, ce parc légendaire comme une bulle protectrice à tout ce travail.

Et même cette minute de prière, chaque jour à midi qui faisait la fierté du Maître de cérémonie, avec cette espèce d'aura qui rendait sa présence quasi divine à ramener toutes ces âmes perdues dans le droit chemin. Chemin que personne ne retrouvait jamais mais leur réflexion n'allait pas jusque là. Après il y avait les petits fours, les champagnes, le carnet mondain qui se congratulait d'exister et de faire le bien. Si ce n'est de réussir à guérir, au moins On veillait à ce que tout soit en ordre.

C'est bien la solution idéale, le mouvement majeur, le leitmotiv.

En ordre.

Et si moi aussi, aujourd'hui, je me mêlais de vouloir y participer à cet ordre ?

Si moi aussi, j'arrêtais d'être transparente, de vivre comme mes gamins, avec la peur au ventre d'exister pour ce que je suis ?

Qu'est-ce que j'ai à perdre, à présent, soixante ans après mon premier cri avorté ?

Mon Sylvain mort et enterré ne me sauvera plus de cette absence à moi-même.

Et si pour lui, en son nom, et aussi pour les autres, je me mettais à vivre ?

La vieille bique

Si Dieu existe parfois comme le croit Amandine Chicot, c'est sûrement qu'Il a ses raisons. Il ne peut être partout, tout le temps, en même temps. C'est impossible.

Mais parfois, oui, parfois, Il est là et on peut presque le voir, en tout cas le sentir, comme hier après-midi au cimetière.

Quand le môme est descendu en terre et qu'elle a ressenti comme un grand soulagement, une immense paix. Le Sylvain mort et enterré, avec ses ombres et tous ses secrets, ce qu'il croyait savoir de tout le monde, enfin, il ne parlera plus.

Il lui aura fallu tenir jusqu'à ses 101 ans pour être certaine que plus rien ni personne ne dirait quoi que ce soit de ce village et de ses habitants. Dieu lui est témoin, que ce n'est pas une vie de vivre ainsi, avec une épée de Damoclès continuellement au-dessus de sa tête.

Jeannot, son mari, le boulanger du village, que tout le monde aimait, elle aussi évidemment, paix à son âme, est parti depuis si longtemps qu'il n'aura pas vu ça, pour sûr qu'il en aurait pleuré le bougre. Pas fait pour cette vie de campagne et ses rudesses. Faire le pain, oui, ça il savait, mais survivre en milieu rural, quand tous les faits et gestes sont vus, entendus, interprétés, certainement pas, il a même cru devoir payer toute sa vie d'un sachet de viennoiseries son silence sur tout ce qu'il aurait pu dire qu'elle lui avait fait jurer de taire.

Parce que c'est ainsi que ça se passe, on ne se mêle pas de la vie des autres quand bien même y a des morts et des hontes. Après ça, on se mettrait tout le village à dos, il faudrait déménager, tout recommencer comme si de ne pas avoir d'enfant leur laissait pas, déjà, leur part de peine à eux aussi. Alors oui, elle l'avait laissé faire ses simagrées avec la Marie, la fille des bois comme lui disait et ils avaient lutté, chaque saison, pour vivre encore un peu en espérant que le Sylvain à la toute fin, fermerait bien sa grande bouche d'enfant cinglé. Ne restait plus qu'elle au village qui savait tout, ce n'est même pas certain, en partie seulement et qu'importe. Elle pouvait se laisser aller à présent. Elle avait senti Dieu, comme ça arrive parfois, peut-être qu'il était aussi venu pour elle et que c'était juste.

Le village pourrait renaitre, il ne ressemblait déjà plus à ce qu'il était d'antan, les nouvelles générations réinventaient tout et elle, elle n'en faisait plus partie.

Elle était d'accord pour quitter ce monde, l'histoire avait été protégée, c'est tout ce qui comptait.

Pierre dit La Carpe

Ce que l'on sait de l'homme et de son surnom a commencé au 36 quand il était encore jeune promu et que déjà il parlait peu, travaillait beaucoup, se mêlait avec parcimonie aux autres, restant distant à toute forme de camaraderie. Le surnom cavalait dans les couloirs, dans son dos, jamais devant lui, taiseux, ronchon, solitaire. Une Carpe quoi !

Pierre n'était pas dupe, en avait eu vent, ne s'en offusquait pas. Qu'aurait-il pu nier ou expliquer ? Il était ainsi fait, depuis toujours ou presque.

Ce presque dont il ne parlait jamais, qui remontait à si loin, qui ne concernait que lui et que même jamais personne ne devait savoir. On ne forge pas une carrière, une renommée, une réputation sur de la sensiblerie, des confidences et de l'apitoiement mais bien sur du travail, de la rigueur, une volonté de fer à ne rien lâcher et à aller jusqu'au bout de chaque enquête.

Et ça lui avait réussi !

Jusqu'à l'arrivée de Bastien, son binôme qui allait devenir aussi, par on ne sait quel miracle, son ami, La Carpe avait gardé son surnom. On en parlait encore ainsi quand on se rappelait qu'il avait fait partie de la maison. Personne ne disait jamais autrement.

Ça éveillait de la jalousie ou de l'admiration mais ça ne laissait pas indifférent. Le duo qu'il avait formé avec Bastien, pendant des années, non plus. Ils semblaient fonctionner ensemble comme un uppercut capable de dynamiter n'importe quelle affaire, même la plus tordue ou la plus irrésolue.

D'ailleurs, plus tard, personne n'avait compris ce qui avait motivé la démission de Pierre. Quand on la chance d'avoir trouvé son partenaire parfait, on ne le lâche pas en plein vol, dans ce sale boulot, c'était toujours mieux d'avoir un adjuvant en béton, quelqu'un sur qui compter.

Mais là encore, Pierre n'avait rien dit ou si peu.

Et aujourd'hui encore, il savait qu'il avait bien fait. Ce qui appartient à l'homme reste à l'homme, ce qui appartient au flic reste au flic et on ne mélange pas, jamais.

À moins d'avoir démissionné de tout, de se croire tiré d'affaire, planté au milieu des champs, à se refaire une santé.

À moins de se retrouver avec un minot, son filleul, de même pas trois ans dans les bras et d'avoir à encaisser ce qu'il n'a même jamais tenté d'encaisser.

Un deuil d'enfance, un meilleur pote, un jeu idiot, un accident qui laisse sans voix, pour toujours, quoi qu'on fasse même si on ne l'a pas décidé, parce qu'à six ans, la mort ressemble à une mine qui dévaste tout sur son passage.

Pierre avait encore en mémoire la chute à vélo de son ami, la rigolade et même la vantardise de se croire meilleur que lui, son idiot de frère pour la vie, casse-cou comme on l'est à cet âge, à se créer des défis, des compétitions, des zigzags, à tomber mille fois en un an et un jour, pourtant, ne plus se relever.

Se précipiter vers Thibault, le voir blanc aussi blanc que l'évier de la salle de bains, pourquoi cette image de lavabo, il ne l'a jamais compris, mais le voir ainsi, comme de la porcelaine froide, dure, incassable et la mort dans ses yeux pendant quelques secondes, face à face, sans rien dire, estomaqué, pulvérisé, rejeté du monde en même temps que lui, hors de lui, à espérer qu'il vivait un cauchemar et qu'il allait se réveiller et comprendre. Oui, il s'était endormi chez lui, dans la salle de bains, c'est pour ça cette image de cuvette blanche.

Et tout de suite après les cris, comme pour le ramener à la surface, dans la réalité. Jeté sur le bitume depuis combien de temps ? Leurs vélos au travers de la rue, la voiture qui pile, qui manque en plus de les écraser, la femme qui sort en hurlant que les enfants lui ont fait peur, qu'il faut être fou pour s'amuser sur la route et devant le silence de plomb, aller jusqu'à eux, devoir se pencher au-dessus d'un corps anormalement allongé par terre, qui ne répond déjà plus, n'entend rien, ne respire plus, au milieu d'une mare de sang qui s'épanche tout autour de la tête comme une auréole, burlesque, effrontée, une auréole rouge qui dit l'urgence, la panique, d'autres cris, des voisins, la police, l'ambulance.

Et pour toujours, la fin.

Ainsi La Carpe s'est-elle substituée à Pierre en même temps qu'est née sa vocation de flic, quand la voiture de police était arrivée, gyrophare allumé et que pendant quelques minutes, il n'avait vu et entendu que ça, le bleu de la sirène comme une sorte de toupie au-dessus de sa tête, capable de l'emmener ailleurs, de lui faire prendre de la hauteur et presque même d'oublier.

Peut-être que ses incapacités à se lier sont-elles aussi issues de l'événement ? Sa phobie de l'attachement, de fonder une famille, d'oser prendre Marc-Antoine dans ses bras et de le laisser tomber, comme il avait laissé tomber Thibault, en rigolant.

Et pourtant, ce matin, sur le départ, Julie ne lui avait pas laissé le choix, le gamin non plus, une fois dans ses bras, il avait ri comme seuls savent le faire les enfants, à pleins poumons, dans un grand élan de vie et Pierre en avait été soufflé. C'était comme un message, d'enfant à enfant, transmis au-delà de la mort, une invitation à passer à autre chose, alors pour la première fois, depuis toutes ces années, il avait raconté.

Bastien

Combien d'années d'amitié pour en arriver là ? À cette sorte d'aveu, à cette barrière érigée qui s'affaisse enfin, qui laisse place au dialogue, à l'échange, à rencontrer Pierre, peut-être pour la première fois, dans la pudeur d'une vérité révélée.

Bastien en est ému, pas étonné mais ému. Il se doutait bien que derrière le bouclier, il y avait un gouffre. Avec sa Julie, il en avait souvent parlé. Pour autant il n'avait jamais forcé la digue, heureux que ce soit fait aujourd'hui, les choses vont pouvoir aller mieux.

Et le disant, il pense à Marc-Antoine plus qu'à lui, parce que cette part sombre de Pierre n'a jamais rien empêché de leur relation, Bastien a toujours su déjouer ses interdits et nouer une sorte de lien qui tienne bien la route mais il voyait bien qu'avec son fils, c'était loin d'être gagné et ça, ça l'angoissait. Avec le métier qu'il faisait, il pouvait arriver n'importe quoi, il ne serait pas le premier flic à mourir sur le terrain.

Bien sûr qu'il avait choisi Pierre comme parrain, une évidence. Qui mieux que lui pourrait s'occuper de sa famille, la protéger s'il le fallait ? Il avait pour Pierre une estime et une confiance absolues et pourtant depuis trois ans, il se disait qu'il avait peut-être fait une erreur. L'indifférence de Pierre face à son filleul commençait même à le mettre en colère. Pour ça aussi qu'il avait voulu passer une semaine ici. Certainement pas pour le bleu du ciel et le grand air comme il avait voulu le faire croire à sa Julie, il voulait crever l'abcès, en avoir le cœur net. Et voilà que ce matin quand il pensait que tout avait échoué, que sa femme et son fils s'en allaient, laissant les choses en état, sans que rien n'ait été dit, la carapace était tombée. Il avait pu voir son petit bonhomme dans les bras de son grand gaillard de parrain, comme il en avait toujours rêvé.

Ça c'était fait presque naturellement, l'enfant avait ri, Pierre l'avait regardé avec des yeux fous comme si on lui tendait un piège puis quelque chose s'était passé, en une poignée de secondes, il avait semblé reprendre sa respiration, se souvenir de là où il était, entendre le rire de l'enfant comme s'il l'entendait pour la première fois et il avait alors murmuré, ce mot simple et poignant et tragique et miraculeux, tout à la fois, *j'y arrive.*

Juste ça, *j'y arrive* comme s'il avait vaincu un truc énorme, inimaginable, presque fou.

Après, Marc-Antoine n'avait plus quitté les bras de Pierre tout le temps qu'il parlait. Ils avaient enchaîné café sur café, migrant de la porte d'entrée à la salle à manger, pui devant le feu, qu'on avait rallumé illico presto. Pierre avait raconté son ami Thibault, il avait même ri, s'était souvenu de tout un tas d'anecdotes qui, sans qu'il le sache, n'avaient jamais quitté sa mémoire. Julie avait même repoussé son départ en début d'après-midi. On avait enchaîné sur l'enfance de chacun, celle du petit Marc-Antoine surtout, qui avait fini par s'endormir. Puis de nouveau était venu le moment de la séparation, sans pleurs, sans cris, sans drame, cette fois, puisque tout avait été dit, révélé, exorcisé.

- Et tu vois, je crois que c'est ça le nœud du problème dans cette histoire, enchaina Pierre.

Ils étaient dans la voiture, au retour de la gare. Bastien conduisait en direction de chez Pierre, attentif à ses dernières confidences jusqu'à ce que la conversation revienne au présent, glisse de nouveau sur l'enquête. Comme si de sa propre histoire à celle qui les occupait aujourd'hui, il entrevoyait un lien.

- Rien n'a été dit encore, tout est sous chape de plomb. Trois jours qu'on patauge dans le silence, pas seulement parce qu'on est hors enquête, assignés à rester de simples touristes, non, personne ne parle ou ne semble savoir ni même vouloir savoir. L'enquête s'est finie avant même de commencer et pourtant il y a toutes ces rumeurs qui vont et viennent à nos oreilles, depuis le début et même avant tout ça. Depuis trois ans que je suis ici, un bruit de fond m'a tenu éloigné des gens et je dois dire que ça m'allait mais c'est pas normal à la fin, que personne ne se parle dans ce patelin. Le gamin n'avait que 25 ans, il aurait dû avoir des copains, des amis de la famille, des témoignages spontanés, des rassemblements, je ne sais pas, un truc différent que ce grand vide, comme si c'était normal. Le môme se tire, tombe raide mort et tout le monde s'en fout.

Avant même que La Carpe termine sa démonstration, La Virgule avait compris où il voulait en venir et l'avait interrompu. Changeant en même temps de direction.

- Tu veux dire, à part Anne-Sophie, la bistrotière. Tu ne crois pas qu'il est temps de lui parler, elle a l'air d'en savoir des trucs et même d'avoir envie d'en parler.

Pierre avait hoché la tête, sa blague à tabac déjà ouverte sur ses genoux. Les Concertistes étaient de nouveau opérationnels et cette fois-ci, pour de bon.

Les amis

Il y a bien eu dans l'enfance, autrefois, des amitiés de cour d'école, des jeux de ballon, des goûters d'anniversaire, des glissades dans les caniveaux gelés. Quand les hivers ressemblaient encore à un spectacle saisissant, avec presque de la neige et un thermomètre si négatif que l'eau du ruisseau pouvait devenir glace en une nuit.

Il y a eu aussi les échanges de billes, les courses à vélo, les bonbecs du vendredi soir qui annonçaient le weekend, la liberté, et la récompense d'avoir bien travaillé la semaine précédente.

Il y a eu l'innocence, la facilité, la beauté et la certitude de chaque chose à sa place, une maison, des parents, une maitresse, des voisins, des copains.

Et puis, un jour, les ombres étaient venues qui avaient chassé tout ça. Ce qui avait pu faire rire au début n'avait que très peu duré.

Le Sylvain n'était pas seulement étrange ou bizarre, ça on aurait pu le supporter et même le plaindre, mais non, il était devenu aussi sournois, médisant, voire dangereux avec son doigt pointé sur les gens à tout bout de champ, comme s'il détenait une vérité, qu'il voyait clair, au travers même.

Alors était venue la peur et avec elle, la méfiance, l'éloignement, quelquefois des jets de pierre et même des insultes. Peu à peu, le Sylvain s'était replié sur lui-même. Ses parents le gardaient à la maison, il aurait fallu qu'il se contienne et il n'y arrivait pas assez.

Ça finissait toujours par faire des problèmes.

Plus personne ne voulait plus le croiser, ni même en entendre parler.

Evidemment que les amitiés n'avaient jamais duré, les parents des autres enfants y veillaient et puis en grandissant, la distanciation n'avait fait que s'accentuer.

A l'âge de 25 ans, au village, ne restait plus guère de jeunes gens qui auraient pu le connaitre. Le jeudi n'était pas un jour chômé et quand bien même, qui aurait voulu bénir le cercueil d'un camarade, qui n'avait jamais fait l'unanimité ? Qu'on avait même repoussé.

Qui s'en souvenait autrement qu'en se rappelant les recommandations des parents, de ne pas trop l'écouter, le voir, le croire, l'aimer.

D'enfant plutôt joyeux et spontané, le Sylvain était devenu un garçon solitaire, de plus en plus hanté, coupable, triste, isolé. Etiqueté malade.

Autrement dit, un paria.

Le paria

Paria, autrement dit intouchable, d'une caste inférieure comme j'ai pu le lire dans les livres sur l'hindouisme.

L'avantage de vivre en reclus, en ermite, c'est qu'à un moment donné, si on ne veut pas devenir fou, en colère, dépressif, suicidaire, mélancolique, ou revanchard, on est obligé de trouver à quoi s'occuper, souvent, des heures entières, voire des semaines, des mois, des années.

Et là, je vous l'affirme, quel meilleur refuge que la lecture et les mots des autres pour apprendre le sens des choses. Tellement de noms différents pour nommer l'exclusion, la peur de la différence, la haute opinion qu'ont certains hommes/peuples par rapport à d'autres.

Exclu, gueux, maudit, misérable, réprouvé, résidu.

Ilote

Je l'aime bien celui-là, il date des Spartiates, de la Grèce antique. Son statut s'apparente à celui des serfs du Moyen Âge, propriété de l'Etat, ni plus ni moins comme du grand Professeur selon qu'on soit d'une époque ou de l'autre.

Rien qui ne change jamais, finalement, à peine quelques variations sur la partition du nanti qui lui, évidemment, ne se remet jamais en question.

Ainsi, et c'est là qu'On rigole, selon l'hindouisme, les intouchables sont exclus parce que dans des vies antérieures, ils ont commis des actions impures, ben tiens donc et c'est moi qui suis sur la sellette. Ils se promènent avec des wagons entiers de mauvaises actions sur le dos mais c'est moi qu'on singe, qu'on montre du doigt, qu'on punit.

Qu'on enferme, qui suis impur, stigmatisé.

Les intouchables portent aussi le nom de harijans (ce qui veut dire *enfant de Dieu*) nom qui leur a été donné par Gandhi, mais ils préfèrent la dénomination de Dalits (les *opprimés*, les *rejetés*, les *brisés*). Le mot parias sous lequel on les désignait souvent en Occident est à éviter.

Et pourtant, tous dans le même bain.

La grande solitude, le silence, le rejet.

La mort, souvent prématurée.

Elle

Bon débarras, la femme et le mouflet, retour au bercail. C'est pas qu'elle ne les aimait pas, ils avaient même l'air plutôt gentils, et drôlement aimants mais c'est que ça n'arrangeait pas ses affaires, toujours fourrés ensemble, les quatre, à manger et boire et faire comme s'ils étaient en vacances alors que tout de même, elle n'avait pas lésiné sur le message.

C'est aux pieds du bougon qu'elle avait déposé le fardeau, pas devant le Centre, pas à la gendarmerie, pas ailleurs tout court mais bien sur son chemin à lui.

Si c'était pour faire comme les gendarmes et boucler l'affaire sur le dos d'une fatalité, et hop une de plus dans ce monde, c'était bien la peine qu'elle se donne tout ce mal.

Ah ça évidemment ce n'était pas l'histoire du siècle, juste un pauvre môme perdu dans la multitude mais alors ce n'était pas la peine de se trainer une réputation comme il en avait une. C'est pas parce qu'elle vivait dans les bois, qu'elle était vieille et peut-être même sur la pente descendante avec sa tête qui lui jouait des tours qu'elle n'était au courant rien.

D'abord vivre dans les bois n'empêche pas de marcher jusqu'à la ville, suffit d'en trouver une où on n'est pas connu, avec une belle bibliothèque toute neuve et une de ces machines diaboliques où, juste en tapant un nom, tu sais tout sur tout le monde. La jeune fille qui l'avait aidée au début avait manqué de baisser les bras, c'est vrai qu'apprendre si tard à utiliser cette technologie n'était pas gagné d'avance, il avait fallu y aller étape par étape et s'apercevoir que même ainsi, ça ne mènerait à rien. Alors la jeune fille avait fait pour elle, en tapant le nom de l'homme que la mamie disait rechercher, un parent éloigné, qu'elle savait maintenant que c'était possible de retrouver des gens de sa famille, qu'elle ne voulait pas embêter les gens de la mairie avec ça. Au fond elle voulait juste savoir, être en paix avec son passé.

Est-ce que la gamine l'avait crue était une autre histoire. Voyant au bout de plusieurs fois, qu'elle n'arriverait à rien seule, elle avait fait à sa place et elle avait vu, elle aussi, le visage de l'homme apparaitre à l'écran. Après ça, elle était partie en laissant La Marie en plan. Peut-être, qu'il soit écrit flic en long, en large et en travers lui avait déplu.

En tout cas, elle ne l'avait jamais revue.

Au départ, le bougon, La Marie avait pensé que c'était un écrivain. Il marchait beaucoup, ne parlait pas, restait enfermé, un véritable ermite. Elle s'était dit qu'il avait sûrement un grand projet, que ça nécessitait du temps, du silence, qu'on lui foute la paix. Ça lui plaisait bien cette histoire d'écrivain, elle se disait même qu'il pourrait utiliser son histoire à elle, si il voulait, elle en savait des choses, elle pouvait en dire.

Peut-être que quelque part en Europe, dans ce pays devenu ami, quelqu'un aurait bien voulu savoir ce qu'était devenu cet allemand que personne n'avait jamais revu ? Qui devait être porté disparu puisque sa mort était restée au village, dans le secret et que même les autorités ou l'armée ou les archives n'avaient jamais su qu'il avait fait escale ici.

Elle pensait comme ça au début, benoitement alors elle s'était approchée de chez lui, et avait vu son nom, sur la boite aux lettres Pierre Blondin, que si ça avait été un pseudo ou un faux nom, sa tête ne serait pas apparue aussi facilement sur le grand écran de la machine, pleine face devant elle, qu'elle en avait eu un sursaut.

Quelques années en moins mais le même homme avec son allure de beau gosse dépité.

Ça lui avait fait quand même un drôle d'effet de voir cet homme, cité ici et là, dans de grandes affaires. Apprendre qu'il avait été flic puis défective privé et que maintenant il se terrait au village, à croire que lui aussi, il avait un secret à cacher. Ceci dit, il était tombé au bon endroit. Pleurs en regorgeait de ces satanés secrets qu'on croyait pouvoir enterrer au plus profond des bois et qui un jour, sans qu'on s'y attende, resurgissaient comme un mauvais cauchemar alors, dans sa tête, ça n'avait fait qu'un tour cette histoire de cadavre qui remonte à la surface.

Et ce, quelques jours seulement avant que le gamin rapplique alors que le bougon vivait tout près. Trop de coïncidences tue la coïncidence, elle est bien placée pour le savoir.

La nuit, les étoiles, les lunes, l'avenir, le ciel, aucun hasard à tout ça, qu'une opportunité de faire d'une pierre trente-six coups et tenter de remettre les pendules à l'heure.

C'est qu'elle n'avait plus vraiment le temps, la Marie. Bientôt, elle allait y passer, et avec elle, la seule chance de faire enfin la paix avec toutes les ombres.

La jeune fille de la bibliothèque

Voilà bien un personnage qui n'a rien à voir avec toute cette histoire et qui, pourtant, à son insu, a contribué à ce qu'elle existe.

En effet, bien en amont, en aidant La Marie à surfer sur internet, en cliquant sur les liens, en dévoilant le pédigrée de l'ex-flic, elle a concouru à ce que la vieille dame jette son dévolu sur lui plutôt que sur un autre et qu'il devienne ainsi, à son insu, son messager testamentaire.

C'est peu dire que le message est urgent, si ce n'est précieux, à 80 ans, la mort rôde. La nuit qui vient, elle va prélever son dû, la vieille bique va trépasser, que le diable l'emporte, elle et ses pêchés, si ce n'est dans ce monde, alors elle paiera dans l'autre puis ça sera au tour de La Marie, ainsi, le Sylvain aura tout emporté dans son sillage et ce n'est que justice.

C'est dire aussi à quel point le rôle la jeune fille inconnue fut essentiel.

Pour ce qui est de sa biographie, restons évasif. Chuchoter qu'elle semble à peine frôler les 18 ans, que son regard brille d'un esprit rebelle avec un reste de moue enfantine devrait suffire à combler les curiosités et à l'autoriser à nous échapper même et surtout, si elle cache sous sa grande mèche de cheveux, teinte en bleu, qui lui barre en partie le visage, un passé long comme un trou noir. Passé qu'une fois encore elle va devoir fuir puisqu'un ex-flic en vacances n'est jamais totalement, comme on le constate, ni ex ni en vacances.

En attendant, elle est, elle aussi, comme tous les autres protagonistes, une des combinaisons de ce grand kaléidoscope par lequel l'histoire se déroule. Un prisme particulier autour duquel les éléments se mettent en place, s'emboitent, s'illuminent, se réfléchissent, se distordent, se répondent, se rétractent, ou encore se fractionnent.

Les Concertistes n'en ont encore qu'une image parcellaire, floue, ambigüe.

Vous aussi, je suppose.

Pour autant, quand l'outil kaléidoscopique sera totalement agencé, complet, entier, structuré, plus personne ne se souviendra de la jeune fille, impossible de la suivre à la trace, elle revient de si loin qu'elle repartira encore plus loin.

Il en est de ces êtres qui ont payé en enfance le tribut d'une vie et à qui il convient de souhaiter que la roue tourne, une bonne fois pour toutes, dans un avenir sans aucune ombre à ses trousses. Ainsi donc, si sa présence ne pouvait être passée sous silence, son identité si.

Qu'elle soit remerciée d'avoir vécu quelques mois en ces terres marnaises. C'est ainsi parfois que se logent les vrais héros de la vie. Grâce à elle, nous saurons peut-être ce que 80 ans de secrets ont dérobé à l'histoire de Pleurs et surtout, au Sylvain.

La chienne de Mort

Dans ses arcanes, la mort a parfois l'obligeance de délivrer une vérité ou du moins d'en montrer le chemin. Qui ou quoi a déterré, il y a maintenant une semaine, le cadavre d'un jeune SS mort en 1944 n'en fait pas partie. C'est un mystère qui relève de l'au-delà et qui ne préoccuperait que les coupables s'il en restait encore.

Peut-être un animal à l'affut, sacrément vorace et affamé ? Ou une terre mouvante tellement lasse de porter ces ossements qu'elle en régurgiterait ses restes dans un dernier hoquet ? Ou bien encore, une sorcellerie quelconque, jetée il y a bien longtemps par quelqu'un de sa lignée éteinte, là-bas en Allemagne ? A moins que ce ne soit simplement La Marie qui voulait prouver qu'elle avait raison, depuis le début ?

Qu'importe dirons-nous, puisque le fait est déjà là quand l'histoire commence et que seul, ce qui en découle nous intéresse. A savoir comment d'un tas d'os découvert en pleine forêt, on arrive à la dépouille d'un jeune garçon en plein champ ?

Tous deux retrouvés aussi nus qu'à leur venue sur terre et sensiblement du même âge.

Du Sylvain, on sait à présent que la seule conjecture qui le lie à l'homme est d'avoir vu son ombre accrochée au dos de son grand père. Qui serait donc le coupable.

Du jeune officier, terrassé en pleine fleur de l'âge, par contre on ne sait rien.

Ce qu'il convient d'en apprendre, une seule femme pourrait nous le raconter si elle vivait encore. Mais comme tous les protagonistes de l'époque, elle aussi est morte. Enterrée. Muette.

Faudra-t-il donc inventer le passé, prendre le risque de se tromper et donc de faire affront à la mémoire de l'homme ou, et c'est le plus judicieux, pour une fois, oser croire La Marie quand elle chuchote que les astres, les anges, les elfes et les cartes lui murmurent les secrets du monde ?

A moins que ce ne soit la chienne de Mort qui, pour une fois, bon apôtre veuille faire montre de charité. Elle qui n'a rien voulu de tout cela. Qui n'en avait nul besoin à l'époque comme aujourd'hui. Trop occupée par ailleurs. A qui on met toujours tout sur le dos même quand elle n'a rien décidé. Pour bon nombre de moribonds, seuls les hommes sont coupables, ils décident seuls d'ôter la vie. Arrogants, cruels et bêtes, à se croire supérieurs au divin qui donne et reprend, des assassins qui court-circuitent les échéances, inversent le cours du temps et par là même lui font porter le chapeau. Parce que le boulot de la mort est de venir quand le temps est fini, pas de faire mourir. La mort est un principe, pas une action. Seul l'homme fait mourir dans d'atroces souffrances.

Et ce faisant, surenchérit sur cette chienne de Mort vouée à la détestation.

Anne-Sophie

- Il était si gentil pas menteur ni fourbe encore moins fou il voyait des ombres comme ils disaient et c'est tout et moi je sais ce que c'est d'être différent, j'ai eu de bons parents qui m'ont gardée près d'eux… Le Sylvain, il n'avait plus personne alors moi j'ai été là, à chaque fois et je l'ai protégé comme j'ai pu, je sais que je suis pas rapide et que je ne fais pas tout bien, mais j'ai essayé, tout ce que je vous ai raconté est vrai…

Les Concertistes restent silencieux, tendus, concentrés. Ils s'efforcent de ne pas interrompre la logorrhée d'Anne-Sophie comme si elle s'était retenue trop longtemps de parler et que la vanne ouverte, elle laisse libre cours dans une espèce d'oubli de la ponctuation concomitante à une anarchie de l'émotion.

Au début, quand ils sont arrivés au café, elle leur a expliqué *qu'ils tombaient bien, il n'y avait personne, ça ne durerait pas mais ils avaient quand même largement le temps et c'est elle qui payait le café, en plus, cette nuit, elle avait rêvé, elle avait demandé de l'aide et un aigle lui était apparu, c'était l'animal préféré du Sylvain et elle était sûre que ça voulait dire que s'il planait dans sa nuit à elle, c'est qu'il était d'accord raccord et top là.*

De ses deux mains, elle avait mimé le geste en souriant d'abord mais presque aussitôt, des larmes étaient venues, elle ne s'était pas excusée ni même avait tenté de cacher la peine que ça lui faisait, elle avait disparu derrière son bar puis elle était revenue avec trois tasses de café.

Alors elle avait raconté.

Son amitié avec le jeune homme bien avant sa première fugue et les suivantes. L'aveu pour sa mère et pour les fleurs au cimetière. Le Grand Professeur avec du Il majuscule à toutes les phrases que ça trouait le plafond du ciel et qu'un jour, c'est certain, il allait lui tomber sur la tête. Mademoiselle Lacoste et tout le bien que ça lui faisait au Sylvain mais que quand même, il avait besoin de sortir. Les machines, le silence et les pilules, une chimie qui ne menait à rien puisqu'il voyait toujours. Plus que jamais le sentiment d'avoir tout raté. Qu'il était coupable d'avoir tué ses parents. Son besoin de pleurer sur leur tombe. Des heures à attendre un signe. Et revenir devant son ancienne maison aussi. Partout au village où il avait des souvenirs.

- Il souffrait chaque jour, un peu moins quand il venait me voir, parler avec moi lui faisait du bien et pourtant, je faisais que être là à surtout l'écouter lui faire à manger et il pouvait dormir aussi, longtemps, sans être réveillé par les infirmiers, ou les autres, les cris, la vie du Centre…

Elle avait montré du doigt l'étage supérieur et elle s'était tue. Un silence avait recouvert leur trio et ils s'étaient regardés un long instant. Comme s'ils pouvaient, par-delà les murs et le temps, voir le jeune homme en vie, au repos, et peut-être même, pourquoi pas, apaisé.

Puis, elle avait continué encore un peu de raconter, rajoutant ici et là, des anecdotes retardant le moment où il lui faudrait en venir aux faits. Comme si tout ce qu'elle leur avait raconté ne cherchait en fait qu'à cacher l'essentiel.

C'est-à-dire La Marie.

- Vous savez La Marie, ya bien encore que moi pour savoir qu'elle existe.Elle vient chercher du tabac à rouler, tous les vendredis soirs, quand il fait sombre et qu'elle est certaine que tout le monde est parti, c'est pas une mauvaise fille encore moins une sorcière comme le croient les gens du village, juste une comme nous, le Sylvain et moi et aussi ceux de Thaas, qui n'a pas eu de chance, qui a préféré rester vivre dans sa tête et dans ses bois et elle a raison, la vie ici, c'est pas facile sans les parents et puis avec tout ce qu'elle sait de tout le monde, valait mieux qu'elle se cache même si c'était il y a longtemps, c'est qu'il s'en est passé des choses pas propres comme on dit par chez nous. Alors…

Leur conversation s'était interrompue sur ce *alors* en pointillé quand au même instant, la porte du café s'était grande ouverte sur les jumeaux, hilares.

- Tu sais ce qu'on dit toujours, vieux saligaud *quand les hommes n'ont pas sommeil, les matelas couinent.*

Leur rire avait redoublé d'intensité puis ils s'étaient rendu compte d'Anne-Sophie, attablée avec les deux zigotos, comme tout le monde les nommait déjà ici et l'ambiance, d'un coup, s'était assombrie. Et comme si du trio en mission de chuchotage au duo de comiques, aucun pont n'était envisageable, chacun avait repris sa place habituelle, dans un silence poisseux, en se dévisageant mutuellement.

Lui

On dit de l'aigle qu'il glapit ou trompette, c'est un son reconnaissable entre tous qui s'élève en même temps que la bête se déploie, majestueux.

On le dit aussi capable de voler au-dessus des nuages et de fixer le soleil, symbole à la fois céleste et solaire, il représente les idées de force, de beauté et de prestige.

Rapace planeur, pattes puissantes, serres qui ne lâchent pas ses proies, vue perçante, c'est le roi des oiseaux.

Oiseau ! Un nom somme toute vulgaire pour un tel spécimen. Il ne devrait appartenir qu'à lui-même et non pas à l'une des 38 espèces, constituées en 12 genres.

Surtout l'Aigle Royal, mon préféré.

A noter, une réputation qui date de l'Antiquité.

Avec sa technique de chasse foudroyante, il fut rapidement associé au soleil mais aussi aux éclairs et à la foudre, à la fois symbole de résurrection, représentant du pouvoir, oracle, conseiller, messager divin.

Messager, le mot est lâché.

Dans les airs, à la surface de l'eau, à ras terre, un messager qui voit loin, partout et que personne n'emmerde, qui ne supporte aucun fil à la patte.

Comme j'aurais aimé lui ressembler, ne pas naitre dans cette peau d'homme et pouvoir survoler cette bassesse terrestre.

Comme j'aurais aimé, moi aussi, n'être rien d'autre qu'un long vol silencieux. Etre de ces hauteurs inatteignables. Voir sans être persécuté.

Messager sans message, sans obligation de paroles.

Avec juste une maman aigle à mes côtés pour la vie et plein de petits aiglons.

Un faisceau de plumes, libre de parcourir des milliers de kilomètres.

Ne rien savoir des secrets humains, des hostilités, des guerres, des conflits.

Parfois, pour rire, laisser croire au corbeau qu'il peut s'asseoir sur mon cou et le picorer avant de m'élancer dans le vaste ciel et l'entendre perdre haleine, panteler pour finir par lâcher prise. Ce qu'aucun humain ne sait faire, à se repaître pendant des siècles des mêmes violences.

En un cycle sans fin.

Les concertistes

- Alors, on commence par quoi ? demande La Virgule. La Marie ou Mademoiselle Lacoste ? C'est pas comme si on avait un choix de fou, non plus ! Somme toute un bon gars, le Sylvain. Qui se barrait pour prendre l'air mais qui finissait par rentrer au bercail. Tu me diras il avait plus nulle part où aller, niché dans le perchoir de la bistrotière, on pourrait croire que la thèse de l'accident tient la route même s'il a subi les méthodes douteuses du centre et qu'il ne tournait plus très rond.

- Oui, ça ressemble à une vie merdique qui finit en cacahuète. Ni plus ni moins. Et nous, à deux barges qui courent le Dahut pour rien. Tu me diras, à chaque fois, ça nous fait ça, on voit que dalle, on croit à un pétard mouillé et ça nous pète à la gueule.

- Et donc, on va quand même fureter du côté de l'infirmière ou de la sorcière ?

- L'une puis l'autre et si ça ne donne rien, on laisse tomber. Après tout, on sait ce qu'il a fait les derniers jours avant de mourir, il les a passés au cimetière ou chez Anne-Sophie, c'est même elle, qui lui a fait manger ces fameux champignons à la crème.

- Euh, reste tout de même qu'il a passé sa dernière nuit à poil au milieu des champs, avec une belle bosse sur le crâne, le corps particulièrement mis en exergue, tu ne vas pas me dire qu'il est tombé seul, de tout son long, les membres en croix ?

- Non, moi je ne dis rien, on a des bouts d'histoire, de vérité mais il manque le lien. C'est ça qu'il faut trouver, le liant.

- « Le liant-chiendent » ricana La Virgule avant de démarrer la voiture. Infirmière-sorcière. Moi qui d'habitude trouve de la poésie en tout, là j'y vois que des rimes pauvres et, ça me rend triste, je sais pas pourquoi, mais putain, ça me rend triste.

La Carpe ne répondit pas, en train de rouler sa cigarette, lui aussi se disait que tout ça puait la solitude et le néant de certaines vies gâchées pour rien. Aucune justice ne serait rendue, aucun coupable emprisonné. Avec un peu de chance, peut-être l'impression à la toute fin d'avoir fait ce qu'il fallait pour que le môme dorme en paix et que la jolie bistrotière retrouve le sourire.

L'Allemand

A environ quatre cent vingt-trois kilomètres de là, il ne reste personne pour se souvenir du pauvre Hans Meyer. A Schluchsee exactement, en pleine Forêt Noire, juste après Fribourg-en-Brisgau. Sur le bord du lac de Schluch, là où le jeune officier nazi a vu le jour, grandi, appris à être sculpteur sur bois avant de devoir enfiler le costume du bon soldat et de traverser la frontière pour mourir.

Aucune vocation de tuer, encore moins des Français. Il en aimait la langue, les poètes, l'idée qu'il se faisait de Paris avec le rêve d'y aller un jour

Mais Hitler était venu et avec lui son cortège de folie. Il avait dû se soumettre avant d'oser se rebeller, de fuir et de déserter.

Forêt pour forêt, il avait atterri dans le petit village de Pleurs en septembre 44.

Des vestiges d'un autre temps, un maigre bois, des remparts, la chance avait tout de même croisé son chemin.

Hélène était venue à lui sans qu'il ne demande rien, ni elle d'ailleurs.

Au détour d'un chemin à chercher des cèpes, elle l'avait vu assoupi contre une souche, maigre, sale, en costume et pourtant si beau.

L'allemand n'avait pourtant pas bonne réputation par ici, surtout depuis que le frère du père Brasse avait péri sous le feu nazi mais il en est de ces rencontres qui ne sont soumises à aucune loi, aucune réalité, aucune raison.

Elles se passent en un regard, dans une fraction de seconde, sans qu'on n'y puisse rien.

A le regarder dormir, l'homme s'était réveillé et croyant rêver, devant le visage d'ange qui l'observait, avait souri. Au même instant, un oiseau avait chanté, un rai de lumière avait percé et une sorte de magie s'était opérée.

Quiconque aurait assisté à la scène pourrait en convenir, quelque chose venait de naitre qui appartenait à l'incontrôlable, en dehors de toute logique ou de toute volonté.

Pour Hélène, ce fut autant de la sidération que de l'adoration.

Pour Hans, son cœur devint ensorcelé.

Ils allaient vivre six mois de passion mêlée de peurs, de drame, d'obsession, de folie.

Six mois avant qu'un coup de fusil tiré à bout portant ne fasse basculer leur destin comme celui des générations futures.

La femme au journal de la 3

Claudie Thiriet. 73 ans, le dernier cancan du village pour peu qu'elle en sache plus que les autres ou qu'elle le croit. Un prisme, elle aussi, du grand kaléidoscope humain.

Simple perroquet des ouï-dire, ni bienveillant ni malveillant, par habitude, comme il se fait, d'une maison à l'autre, sur les perrons, au diner des vieux, au loto du samedi soir, au sortir de la messe.

Chez le boulanger.

- Z'ont tous des barbelés dans la tête comme on dit par chez nous, Le Sylvain comme les autres, des pauvres gamins… à l'abri du centre, font pas de mal, n'aurait pas fallu qu'il en sorte, ça serait pas arrivé… A-t-on idée par un temps pareil, sa mère, la pauvre, ça pouvait bien attendre qu'il aille la voir, lui qui croyait être tout seul, moi, j'ai ma chambre qui donne sur le cimetière, alors pour sûr que je l'ai vu, à chaque fois qu'il est venu…

encore l'autre jour… Un pauvre môme bien triste et pas bavard qui restait là, à pleurnicher puis il s'en allait, au moins, il est tranquille maintenant, souffre plus, rendu à sa mère, on disait qu'il était fou à voir des ombres partout mais quand même il avait un peu raison, non ? Le grand-père il a bien tué dans le temps et la jeune mère, elle a bien disparu, c'est que du polichinelle tous ces secrets, c'est pas parce que rien n'est dit, que rien n'est su et le petiot, ombre ou pas, il savait et la gamine, la Marie, aussi, tiens, va savoir comment mais tous, ils savaient, y'a que le pauvre Jules, le père, lui toute sa vie il a attendu sur le pont, à croire qu'il était aveugle, il en démordait pas de croire qu'elle reviendrait son Hélène, si c'est pas malheureux tous ces gâchis…

Dans la file d'attente, un silence, on pourrait croire que Madame Thiriet est devenue folle, à parler toute seule, peut-être bien ou peut-être pas. Peut-être que le faire croire lui permet de dire enfin, maintenant qu'il ne reste plus personne pour interdire, que tout le monde est mort ou presque. Soulager sa conscience même si c'est à demi-mot, sans témoin officiel, à la télé, elle ne pouvait pas, pas devant le pharmacien du village mais ici, à la boulangerie, à la grande ville, où sa femme de ménage la dépose une fois par semaine, elle peut se lâcher.

Qui ça intéresse encore toutes ces vieilles histoires !?

Elle

Elle les a vus, les deux gus, avec la simplette, au bistrot, ils sont restés au moins une heure à parlementer. Ils doivent se poser des questions maintenant, peut-être même les bonnes. L'Anne-Sophie n'a jamais été dans les menteries, c'est une pure, tu vas voir que ça va pas trainer ; ils viendront la voir après coup et pour sûr, Elle les attend. Le tas d'os protégé dans un gros bidon, que ça lui en fait du travail de rassembler les morceaux, pauvre diable, toutes ces années dans le sous-bois, frigorifié à se faire bouffer par tous les bouts, peut-être qu'ils feront rapatrier le corps, la guerre étant finie, y a prescription, il se fera pas lyncher d'avoir osé déserter, tout de même, quand on sait ce qu'on sait, c'est même plutôt une médaille qu'il faudrait lui remettre au petit gars, foutue politique.

En tout cas, de prescription dans son cœur, c'est moins sûr qu'Elle en trouve, pas à son encontre, ça non mais contre le village, oui, maintenant, elle a les preuves.

Alors oui elle les attend, tout est là, à disposition.

Le Grand Professeur, aussi, elle l'attend, qu'il revienne encore lui dire qu'elle affabulait, qu'elle perdait la tête, qu'elle était folle, qu'elle jouait son intéressante.

Qu'il s'approche d'elle avec ses pinces du démon prêt à lui électrocuter toutes ses mauvaises pensées comme il disait.

Et puis, qu'il rende l'argent qu'il a volé à son père, tout l'argent qu'il lui a pris pour qu'Elle puisse sortir de son centre maudit. Sa clinique de riches, de fous, de débiles.

Elle, Elle savait, et les cartes, lui avaient dit, c'était ainsi, comme le Sylvain. Elle savait. Sans personne pour avouer. Ils avaient la clairvoyance, ils étaient branchés et ça les dépasse ces bonshommes, quand ça vient d'ailleurs, que ça ne se calcule pas, qu'il n'y a pas de prise.

Même encore aujourd'hui, on la traiterait de sorcière. Alors que y'a aucune magie ni sorcellerie, juste une ouverture, un fil qui les relie à l'ailleurs. Ils savent écouter, c'est tellement simple, en vérité.

Mais eux, Le grand Professeur, les Grands médecins, les Majuscules de toutes sortes, ils sont tellement fermés, tellement coincés, tellement à croire encore que 1+1 font deux alors que y'a tellement d'autres combinaisons, les chiffres et les mots sont pleins de sous-entendus, suffit de savoir lire entre les lignes et les lettres.

De correctement respirer en prononçant *impossible* pour que ça devienne *Un Possible* et que l'inconnu devienne enfin *Un Connu*.

On verra bien à la fin quand la vérité éclatera.

Les autres

Incertain, Un Certain. Un Humain, Inhumain, Un Fini, Infini. Un Probable, Improbable. Un croyable, Incroyable.

Et évidemment, Inconnu, Insondable, Impuissant... Tant et tellement de possibles, d'impossibles, une chose et son exact contraire.

Tout est toujours affaire de point de vue, de volonté, de rébellion, de défi.

Rester terre à terre ou au contraire voir au-delà des mots, lire entre les lettres, s'approprier une faiblesse pour en faire une force. Obtenir d'un écart de respiration une solution à tout problème.

Impuissant contre *Un puissant*. Redoutable, et tellement plus fun.

A Thaas, lors des jeux littéraires avec l'ergothérapeute, c'était la jeune Fanny la plus véloce, à croire qu'elle avait avalé un dictionnaire, une mémoire phénoménale, genre hyper mnésique, qui, d'ailleurs, l'avait amenée parmi les autres. Les toqués, les à côtés du monde, les sans noms.

Se souvenir c'est bien, retenir aussi mais sans ne jamais faire aucun tri, dans une seule tête, tous les jours, à chaque minute, quel que soit l'endroit où ses yeux se posaient, était devenu flippant. La Fanny, elle avait bien pété les plombs à force.

A 13 ans, elle subissait un épuisement mental digne d'une dernière année de médecine qui n'aurait pas dormi depuis des mois. Sa suractivité cérébrale l'avait fait littéralement disjoncter. Un jour, tout s'était éteint en elle, elle était tombée dans le coma, s'était réveillée trois mois plus tard et avant que tout ne recommence, on l'avait débarquée ici. Chez le Grand Professeur.

Elle était censée être parmi les autres pour apprivoiser son don, s'en faire un allié, ne plus se laisser envahir. C'est grâce à elle et aux autres, chacun à leur niveau, que tous, ils ont pu trouver le temps moins long et la force de rester. Faut dire aussi qu'il y avait un sacré tas de génies là-dedans, des grands enfants, des rêveurs, des imaginatifs, tous ces autres qui faisaient tache dans la vraie vie, qui débordaient de partout c'est vrai, mais tellement intéressants et riches et différents, qui voyaient le monde autrement qu'il était et peut-être même, qu'ils le voyaient comme il était. Aujourd'hui des débiles, des fous, peut-être simplement des avant-gardistes, demain, qui sait, des bienfaiteurs de l'humanité au panthéon des sacrifiés.

Inhumain ou *Un Humain* ?

Mademoiselle Lacoste

- C'est pas compliqué, cet homme-là, IL vendrait des moufles à des manchots et de la glace à des Inuits alors pensez donc, du vent à des imbéciles, c'est encore plus facile et je ne parle pas des patients là mais des parents des patients, des donateurs, des haut placés qui n'ont jamais vu que du feu dans son jeu. Ah ça pour les enfumer comme on dit pas poliment, il les a enfumés parce que quand même, c'est pas possible que l'information ne soit jamais sortie. Le Grand Professeur, moi je vous le dis, il n'y connait rien. Il a poursuivi des études qui ne l'ont jamais rattrapé et son diplôme, je vous file mon fichu au feu que si vous cherchez bien vous verrez qu'il l'a acheté. Si ça a fonctionné toutes ces années, c'est parce qu'il est aussi dingue que ceux qu'il prétend soigner, sinon plus. Beau parleur, grande famille, mais fin de race. Depuis le début, je me tais, ah ça oui, moi, pauvre fille, j'y ai cru, déjà bien heureuse de servir à quelque chose mais avec le Sylvain, ce gosse quand même, ça se voyait qu'il allait bien, qu'il n'était pas fou, débordé par ce qu'il croyait voir ou même voyait, ça c'est sûr mais sensible, gentil, serviable, pas méchant, tranquille, intelligent avec ça. Grand potentiel même je dirais mais une sensibilité à fleur de peau comme ce n'est pas permis, tellement perméable à l'autre, une éponge, un grand cœur, ah ça oui, un grand cœur. Vous savez qu'il était atteint de latéralité croisée, droitier par les mains, gaucher par les jambes et ben, même ça Le Grand Professeur en a fait une tare et une raison de penser que ce gamin tournait à l'envers, c'est dire si tout ce qui l'intéressait était de trouver les bonnes raisons de garder les mômes sous sa coupe. Un business qui fonctionne à merveille. Rendez-vous compte, ça fait quand même 40 ans que ça dure. Y' a des patients qui ne sont jamais ressortis, morts ici, tout seuls, sans personne, sans que ça se sache, abandonnés par le monde qui s'en fout tant qu'ils sont parqués. Et moi aussi, j'ai rien dit, pas mieux que les autres, transparente à m'oublier. Mais voilà, le Sylvain, ça non, ça me crève le cœur, c'est moi qui lui ai dit de s'enfuir, de partir et de ne jamais revenir comme il faisait d'habitude. Il en est mort et moi, j'ai tout à me faire pardonner, alors peut-être, je sais pas, pour les autres, c'est pas trop tard. Moi de toute façon, j'ai démissionné, je prends ma retraite. Elle a bien fait, la petite Anne-Sophie de vous parler, elle a bien fait, je ne lui en veux pas, ça me soulage, voilà, maintenant, c'est fait et tant pis pour après.

Les Concertistes

« Coup 2 foudre ». 2016. Grand cru. Rouge. Bordeaux. 70% de Merlot, 20% de Cabernet Franc et 10% de Cabernet Sauvignon.

Bastien avait balancé les infos et attendait le verdict. Il avait acheté la bouteille avant de venir. Juste sur le nom, sans connaitre, par jeu comme il faisait souvent. Par provocation aussi.

« Coup 2 foudre », fallait quand même imaginer l'étiquette et oser l'apposer. Aujourd'hui même pour le vin, il faut compter sur le marketing. Ça tape fort, on s'attend à une révélation. Un coup au cœur, pourquoi pas à l'âme.

Pierre pourtant dégusta, reposa le verre, hocha la tête en signe d'assentiment mais ne dit rien de mieux. Bastien joua le jeu. Garda le silence. Attendit. Que La Carpe ne s'élance pas dans une grande manœuvre pour juger de la qualité du nectar ne l'étonna guère, il avait certainement encore la voix de l'infirmière dans les oreilles, une voix grave, enveloppante, qui avait pris la parole et toute la place dès le début de la conversation et même jusqu'à la fin.

Pierre avait mis le haut-parleur et tous les deux, ils n'avaient fait qu'écouter. Comme si elle n'avait attendu que ça, tapie chez elle, à scruter son téléphone, que quelqu'un appelle et lui demande des comptes, à moins qu'ils lui aient coupé l'herbe sous le pied alors qu'elle s'apprêtait à passer un coup de fil, soulagée finalement de n'avoir pas à le faire, qu'on vienne à elle sans détour. En y repensant, ça avait presque ressemblé à une longue confession. Aussi, la dégustation du vin ne détourna pas Pierre d'en remâcher la logorrhée, Bastien l'aurait juré. Depuis cet après-midi, entre Anne-Sophie et l'infirmière, « l'enquête » avait pris un drôle de tournant.

Qui sait si le pétard mouillé n'allait pas finalement se révéler plus sec qu'un fétu de paille ?

Un ponte mis en joue par une employée repentie alors qu'un gamin venait de mourir, c'était peut-être ça, marcher sur un champ de mines.

Anne-Sophie avait cru bien faire en leur glissant le numéro de l'infirmière, au moment de partir, sous l'œil toujours suspicieux des jumeaux. A priori, ce n'était pas méchant, juste maladroit, Bastien supputait qu'ils se comportaient ainsi pour protéger Anne-Sophie et que ça ne datait pas d'hier, à croire qu'elle n'était pas une femme mais une sainte, en tout cas, quelqu'un dont on pouvait abuser et que eux, à ses côtés, qu'on le sache, ça n'arriverait pas. Ils avaient joué les gros durs, le regard méchant, les Concertistes avait filé sans en rajouter.

Puis ils étaient rentrés directement pour téléphoner à l'ange protecteur du gamin, Mademoiselle Lacoste. Ils avaient écouté ce qu'elle avait à dire et Bastien, excité à l'idée de flairer une piste prometteuse, avait cru bon de déboucher une bonne bouteille.

Ça sentait le *debrief* à plein nez et bien sûr, une cigarette ou deux encore à poser sur l'autel des questions Il se sentait presque heureux, nonobstant la mort du gamin. Il avait même l'impression de se sentir vivant. Comme du temps où… Quand ils formaient leur duo, rien que tous les deux, à tenter de tordre le cou aux méchants, de réhabiliter la race humaine, d'en faire le ménage.

Pas comme des héros, non, ça c'était trop facile et si peu vrai, mais comme une sorte de mission, une évidence. Il avait suffi que Julie et Marc-Antoine s'éloignent pour que les choses s'accélèrent. C'était mieux ainsi. Il ne doutait pas que tout serait bouclé rapidement. Après ça, il serait temps de rentrer, avec ou sans Pierre, il n'était pas dupe non plus, c'était certainement la dernière fois que ça arrivait. Alors oui, ça valait bien un « coup 2 foudre » quand bien même il jugeait le vin un peu jeune pour deux vieux potes.

Les indices

Le bilan ne tiendrait pas devant un procureur, un tribunal, un jugement.

Rien de bien consistant à se mettre sous la dent et encore selon qu'on soit lecteurs, auteur, protagonistes, chacun aura une vision parcellaire de l'histoire.

Il s'agit, au départ d'un tas d'os et d'une croix gammée, à découvert, offerts au monde, en attente de sépulture puisque tout est parti de là, quelques jours avant.

Alors est venu le gamin en étoile de mer, suivi d'un ex-flic et de son ex co-équipier, nostalgiques, intuitifs, en mal d'action ; pauvres pantins, soumis aux mains d'une vieille sorcière, aux portes de la mort, sur le dernier versant d'une possible vérité.

Dans le paysage, une simplette, profondément humaine, comme une délicatesse déposée chez certains qui donne une magie au monde et une raison d'y croire encore, tous biens plantés dans un hiver froid entre pluie, neige et redoux, une saison comme un caprice du temps, incertain

Pas farouche ce temps pourtant, qui d'une époque à l'autre a décidé en cette année 2023 d'en effacer la temporalité, les lignes, l'usure, l'insupportable attente, peut-être pour rendre verdict à cette chienne de Mort qui n'en finit pas d'assécher les destins, sans bien vérifier que justice soit rendue.

Alors parfois, sans qu'on sache pourquoi ni comment, il lui faut revenir en arrière, oser traverser les ponts, ceux entre l'hier et l'aujourd'hui, se poser là où un homme, chaque jour, a tiré une chaise et s'est assis et a attendu, ce pont qui dessert la route et les alentours, le bois, les anciens vestiges, qui offre une vue d'ensemble et un point de vue exemplaire sur cette fameuse nuit du 11 février 1944.

Pour peu qu'on ait une longue vue, un sixième sens ou simplement de l'imagination.

Les Amants

Lui, Hans, l'Allemand, de là-bas, à la frontière, sorti tout droit de la Forêt-Noire et elle, Hélène, la femme du cantonnier, jeune maman qui jusqu'à leur rencontre s'était crue amoureuse, et même heureuse, en tout cas à sa place.

Certainement qu'à prendre des risques, ce qui advint ce soir-là était prévisible.

Non que personne au village ne se soit douté de quelque chose mais tout de même, à multiplier les envies de se voir, il arrive que quelqu'un vous surprenne quand bien même il est tard, que la nuit a commencé de tout ensevelir, les ombres, les chemins, les dernières silhouettes qui tardent à rentrer et qu'il ne reste aux fenêtres que de vagues rais de lumières entre les volets fermés et les portes cadenassées.

Pour les jeunes amants, c'est aussi l'heure de la séparation, la grande, celle qui durera jusqu'au petit matin. À cet instant, avant que tout arrive, elle n'est revenue le voir que pour lui donner un quignon de pain et remplir sa gourde de soupe chaude.

Les températures ne cessent de chuter, le gel de perdurer.

Cette nuit encore il dormira seul, dans cet abri de fortune qu'il regagne chaque soir. Entre un mur de pierres en partie écroulé et une citerne à eau, complètement gelée, emmitouflé dans des couvertures sur un lit de cartons superposés. Toute la nuit, ainsi, sans oser faire du feu ni allumer de bougie, rien qui ne trahisse sa présence même pas son souffle qu'il recrache dans ses mains ou à l'intérieur de son écharpe pour se donner l'illusion du chaud et croire qu'une fois encore il ne mourra pas de froid. Il devra tenir jusqu'au petit matin, jusqu'à espérer son sourire.

A la fin de l'été et à l'automne, tout était plus simple et même excitant, ils avaient la journée pour s'aimer et la nuit pour se désirer encore plus fort. Aussitôt le cantonnier parti travailler, ils se rejoignaient.

Et puis est venu l'hiver, le froid, la faim, la suspicion, les hantises de la guerre, La Marie qui grandissait, qui commençait à parler. Le temps qui passait. Cette situation n'avait que trop durer.

L'amour pouvait s'épuiser à payer dans la chair, les restrictions, les silences, les non-dits, les incertitudes et les mensonges. Il en fallait de l'appétence pour déjouer les pièges et continuer de se voir malgré le contexte et le village et toutes les occasions de se faire prendre. Ils étaient en train d'envisager de partir, demain ou après-demain, vite, avant de mourir de froid ou d'être surpris.

Comme au fond, ils n'avaient nulle part où aller, chaque jour ils reportaient cette décision. La guerre était partout et même à bruler son uniforme et à le troquer contre un habit de paysan, il lui faudrait encore chasser ce mauvais accent qui s'attachait à trahir ses origines.

Ils en étaient là, une fois encore, à se déchirer l'âme et le corps et les yeux et les mains quand une voix surgie d'outre-tombe, sûrement du fond de la nuit et des fantômes les avait fait sursauter.

Quelqu'un se tenait là, à deux pas de leur cachette, le visage déformé par la surprise, puis par la colère et enfin par la haine. Un rictus lui avait barré la bouche dans une sorte de cri avorté. Ça avait ressemblé plutôt à un long râle, une plainte infinie.

Hélène connaissait cet homme, c'était le futur grand-père du Sylvain, le père d'une fille qui finirait par se suicider. En attendant, son frère unique venait de mourir alors que lui n'était même pas parti à la guerre, la faute à une maladie de la colonne vertébrale qui l'avait fait exempter. De la guerre, il en subissait comme tout le monde les deuils à répétition et la frustration de devoir obéir aux ordres du Maréchal Pétain.

Il se cramponnait à son fusil, les deux mains en avant, pointé vers les jeunes amants.

Les découvrant enlacés, son sang n'avait fait qu'un tour et, sans réfléchir, sans avertir, sans demander aucune explication, il avait tiré. Plusieurs fois. L'Allemand n'avait eu aucune chance. L'homme avait tiré et tout avait été fini. La nuit, l'amour, la vie, les jeunes amants. La paix, même après la guerre, partie en fumée dans un fracas étourdissant.

Hélène

Le voir s'écrouler, sentir les balles la traverser en même temps qu'il les reçoit, touché en plein cœur, fauché en pleine jeunesse. Chercher dans ses yeux la lumière qui un instant avant les éclairait, cette étincelle bleue qui promettait le feu, les baisers, les caresses, les lendemains et les surlendemains. Tombé de son piédestal en un instant son beau sculpteur de rêves. Trop doué pour faire la guerre des hommes, juste bon à sculpter mille figurines à partir de rien, un bout de bois, une branche, une souche, un arbre mort rendu vivant, quelques brindilles nouées ensemble et toute la vie ressuscitée. De la poésie dans chaque doigt son jeune soldat et du bonheur partout.

Il était arrivé comme ça, sans crier gare et tout était devenu différent. Comme si sa vie n'avait attendu que ça, que quelqu'un vienne et lui montre, ce qu'il en était en vrai, de l'amour, du désir et même du sacrifice.

Qu'importe le nom ou l'origine ou le pays ou les serments faits à un autre et les alliances des peuples entre eux, un seul homme pour une seule femme, ça avait sûrement un prix.

Ils y avaient pensé puis ils avaient oublié, de toute façon, avant ou après eux, tout n'était que farce et mensonge. Quand on avait rencontré l'Amour avec un A fier et majestueux comme une montagne, plus rien ne tenait la comparaison.

Sa fille, La Marie, peut-être et encore.

Bien sûr qu'il était décidé de partir tous les trois, mais… A quoi bon maintenant ? Personne n'avait le droit de venir foutre un bordel pareil, surtout pas l'homme au fusil qu'on avait exempté, qui était sur ses terres, sans droit aucun. De la fumée tout autour de lui, des cartouches vides et du sang en veux-tu en voilà. Un vrai carnage.

Le Grand-père

Le reste appartient à des années de silence enfoui sous un mensonge grossier et lâche.

Ne rien dire au Jules, le mari d'Hélène, le père de la Marie, pour sûr, il en mourrait, déjà qu'il était devenu veuf à 27 ans. En plus, ils étaient amis, du village tous les deux, sur les mêmes bancs de l'école communale, à faire les mêmes conneries.

Mais quand même, le grand-père avait dû avouer à sa femme, il avait bien fallu quand il était rentré à pas d'heure, couvert de boue, de sang, de morve, les yeux rougis de fatigue, le corps gelé, les mains ensanglantées. Il lui avait fait jurer sur sa tête de garder le silence même si on était en guerre, tuer un boche ne nous rendait pas héroïque pour autant, pas ainsi en tout cas, à bout portant. Il n'était sûr de rien mais le mieux, c'est toujours de se taire.

A l'époque, On ne savait plus qui était qui et comment, la guerre rendait fous les gens, l'instinct de survie révélait l'âme du village et ce n'était pas toujours beau à voir

Plus tard, peut-être, quand tout serait fini, derrière nous, intégré dans l'Histoire, la grande, alors, à ce moment-là, qu'importe la petite.

Laisser courir l'idée qu'achever l'ennemi venu mourir dans nos contrées était une bonne action, qui sait alors si les langues se délieraient au compte-gouttes. Toujours en faisant jurer de garder le secret, comme tous les polichinelles du monde.

De toute façon, il était trop tard pour avouer. Et puis avouer quoi ?

Que l'Hélène trompait son mari avec un sale boche et qu'elle avait préféré s'enfuir.

Le Jules ne s'en remettrait pas.

Alors tout le monde s'était tu parce que tout le monde avait fini par savoir, plus ou moins, ce qui se répétait à mots couverts, déformés par le temps et les bouches avides.

Tout le monde sauf le Jules qui n'appartenait plus au village, qui avait déserté les hommes et presque même sa fille, en survivance, tirant sa peine sur le pont, chaque jour que Dieu avait fait, du moment où sa femme avait disparu jusqu'à sa mort, à lui, à 67 ans.

47 ans d'attente, d'espoir, d'oubli de soi, de croyances.

Sans d'autre résultat que de courir à sa folie et d'aliéner celle de sa fille

Et tout ça pour quoi ? Parce que le bruit avait couru que c'est là qu'on l'avait vue la dernière fois, sur la grande route, seule, en train de marcher, tel un fantôme.

Le fantôme

Un fantôme, une silhouette, une ombre, qu'importe la formule, le nom donné, la raison invoquée, le prétexte offert.

Evidemment, ce n'est pas l'Hélène qui courait sur la grande route ce soir-là, ni son ombre, ni son âme, ni même sa volonté de partir et d'embarquer avec elle son bel officier. Si d'aucuns avaient vraiment voulu la chercher, il aurait fallu s'enfoncer dans les terres, les bois, la nuit, le secret des étoiles. Pour sûr que son spectre, son aura ou ce qu'il restait de sa beauté flottaient encore dans les vapeurs du froid, pour sûr que son dernier cri s'était entortillé au bout d'une branche.

Avec le temps, toutes ces années, pas moins de soixante-dix-neuf tout de même, on pouvait penser que la chienne de Mort l'avait bouffé tout cru, à qui savait entendre, restait pourtant un murmure, une sorte de psithurisme anguleux et tremblotant, charrié les soirs de mauvais temps quand poussaient avec fracas les tempêtes du ciel, qu'il grondait fort de sa colère et de toutes ses larmes enfouies.

Ainsi, l'ombre que tout le monde projetait sur le bitume de la grande route avait rejoint le fardeau des hommes, du village, des secrets, surtout celui du grand-père et de sa lignée descendante, son gendre qui avait chu, sa fille qui s'était suicidée, son petit-fils qui était devenu fou et avait fini par les rejoindre.

Une nuit, un étranger avait été tué, une mère avait disparu et plus rien n'avait jamais été pareil, les ombres avaient commencé de courir partout et seul Le Sylvain avait osé le dire à qui voulait l'entendre, oui il les percevait à dos d'homme et n'avait jamais pu s'en détourner.

C'était comme une malédiction qui le possédait et l'obligeait comme un anathème qu'il lui fallait exorciser et la Marie, aussi.

Prisonniers tous les deux d'une expiation qui avait attendu son heure, son jour, sa date butoir.

Elle

C'est qu'il n'était pas tout seul le tas d'os. Outre sa croix gammée que ça le désignait d'office comme le boche que le grand père du Sylvain avait tué, il y avait un autre crâne et autant de bout d'os qu'un autre corps en comptait. Plus fin, plus menu, plus petit.

Elle, la Marie, n'y connaissait rien mais avant de vider le vrac dans un grand bidon pour en conserver les restes, Elle avait tenté un assemblage, pièce par pièce, membre par membre.

Et de le faire lui avait plié les genoux si forts qu'elle avait mis des heures à se relever.

Peut-être aussi la faute à toute la tristesse qui, à mesure qu'elle recomposait les corps, lui était rentrée dans les yeux et le cœur.

L'image du couple lui était apparue aussi nettement que s'ils se tenaient là tous les deux.

Des années avant, aujourd'hui pareil. Elle n'avait rien eu à faire, aucune boule de cristal à sonder, ils étaient apparus sous ses yeux, une fois, une seule mais nettement.

Alors même qu'Elle n'avait aucun souvenir de sa mère, plus rien dans sa tête à quoi la raccrocher si ce n'est une photo de mariage, Elle avait su, ressenti, compris.

Il y avait aussi et ça, c'était impossible de l'ignorer, un pendentif de la Vierge Marie, gravé au dos du prénom de sa mère et une date, son année de naissance. Hélène, 1920.

Une croix gammée et la Vierge Marie, enterrés ensemble, côte à côte, tout ce temps alors qu'Elle avait piétiné cette parcelle si souvent, des milliers de fois, sans savoir.

Sa mère et un allemand. Il était aisé d'inférer qu'on les avait tués, ensemble.

Facile d'imaginer la haine du grand-père, son droit et son devoir, sa conclusion.

L'histoire condamne tout ce qu'elle ne comprend pas, surtout en ce temps-là.

Et son père qui en était mort lui aussi, de désespoir, d'abnégation, d'avoir sué des heures pour rien à trouer l'horizon.

N'aurait-il pas mieux valu qu'il sache ? Qu'on achève sa peine ?

Pour sûr que rien n'avait été dit, que tout le monde s'était tu.

Enterrés comme des chiens

Que même le Sylvain, de l'avoir pris en pleine poire, en était mort, lui aussi.

Hélène

Il existe quelque part, dans les arcanes gigantesques de l'histoire du monde, une scène figée dans l'horreur, non pas qu'elle soit plus impressionnante, cruelle ou injuste qu'une autre, ce n'est après tout qu'une aberration humaine de plus dans le grand chaudron des sauvageries mais pour autant, comme toutes les tragédies, elle est marquée du sceau des douleurs inconsolables qui porte écho longtemps après elle.

Hélène et son amant, cramponnés l'un à l'autre, surpris, tétanisés, épouvantés, apeurés.

Les premières balles qui sifflent et qui, en une poignée de secondes, tuent le jeune officier, la salve suivante qui la percute, elle et qui fige toutes ses douleurs en un bref et si long éclair, comme si le temps distendu permettait qu'elle pense en même temps à Hans, puis son mari, sa fille, son meurtrier, sa jeunesse perdue et sa vieillesse manquée et ce, dans un vacarme épouvantable qui dure ce que dure la brûlure de voir défiler sa vie et dans un même temps, de sentir la mort la posséder.

C'est long comme une douleur qui lui arracherait le cœur à pleines mains et aussi court que le temps qu'il faut pour tenter de dire Non.

Non à l'ennemi, celui qui hurle devant elle qu'elle est une pute à boche et qu'elle n'a pas le droit. Non à ce dernier instant qu'elle sent venir, qu'elle voudrait rattraper, tenter de justifier.

Non, non, non et puis, dans un dernier soupir, un grand oui pour rejoindre son amant au plus vite et au plus court.

Voilà, ils voulaient s'enfuir eh bien ! C'est fait.

Sa fille lui survivra, le Jules s'en occupera, elle y croit au moment de mourir, que ce n'est pas grave, bien moins que de rester vivante avec tout ce poids à porter.

Alors elle lâche prise et elle s'effondre, sur son homme, le seul en vérité qu'elle ait aimé.

La suite ne lui appartient plus. C'est si dérisoire et vain et futile de vivre quand on n'a plus personne à chérir, elle pense sincèrement que sa fille et son mari se suffiront, ils peuvent même la haïr après coup. Elle leur en donne le droit, la volonté, l'obligation même.

Elle aimerait le dire à l'ennemi qu'il a bien fait de l'achever aussi.

Mais et c'est peut-être ça, qui fera vaciller les destins et grossir les ombres.

Elle n'en aura, fatalement, pas le temps.

Jules

Est-ce parce qu'il était né sourd que cette nuit-là, le mari d'Hélène n'a rien entendu ?

Rien de rien. Ni dans ses oreilles, ni dans son cœur, ni dans ses tripes.

Ni avant, pendant qu'elle le trompait, ni après, quand son âme s'en est allée.

A quel point vivait-il dans son monde pour croire une seconde qu'elle ait pu s'enfuir, laissant la gamine dans son berceau ?

Lui seul pourrait raconter à quoi il a songé, toutes ses soirées, de 18h à 21h, sur le pont, à l'attendre, enfermé dans sa tête, son cœur, sa surdité.

Son handicap l'avait sauvé d'aller à la guerre, il s'était toujours dit qu'il en paierait un jour le prix. Est-ce ainsi qu'il a admis que c'était juste ou possible ? Que son Hélène l'abandonne et pas seulement lui mais aussi la gamine.

Personne ne sait à quel point les dernières semaines, ils s'étaient éloignés tous les deux. Alors fatalement, ça devait arriver. Au départ, il a pensé qu'elle voulait lui faire peur, qu'elle reviendrait. Evidemment qu'il a cru que c'était elle, sur la grande route, qui s'en allait. Evidemment qu'il a cru qu'elle rentrerait. On était en pleine guerre, privé de tout, en survivance, elle n'avait aucune chance de s'en sortir toute seule sur les routes.

A quel moment s'est-il entêté pour ne plus jamais sortir de son attente ? Pour croire qu'elle ferait demi-tour ? Pour ne pas imaginer qu'elle se soit enfuie avec quelqu'un d'autre, blessée quelque part, peut-être amnésique, simplement morte.

Toute sa vie sur son pont à creuser le vide, à ne jamais remettre en question cette perspective ? Sur la foi de quoi, de qui ? D'un village entier qui avait mimé ce que peut-être le Jules voulait bien entendre, ce que le grand-père avait doucement suggéré, l'air de ne rien savoir mais quand même… Il l'avait bien reconnue cette démarche qui s'en allait, au loin.

Une attente c'est comme un espoir. Le Jules s'y était accroché jusqu'à sa mort. C'était un gentil le Jules, un doucereux, un idéaliste.

Personne n'avait jamais su que c'est parce qu'il l'avait mise enceinte que tous les deux ils s'étaient épousés. Qu'est-ce qu'ils auraient pu faire d'autre ? Tout s'était enchainé quand bien même, elle ne l'aimait pas d'amour fou, elle l'aimait un peu son Jules. Et puis la vie, à l'époque, c'était ainsi, ils avaient fait ce qu'on attendait d'eux, sans se plaindre.

Lui seul avait été fou de joie, il avait promis de l'aimer pour deux. D'ailleurs, un temps, ils avaient même été heureux mais au printemps de 44, quelque chose s'était déréglé.

Peut-être, et c'est à ça qu'il avait pensé toutes ces années, du haut de son pont, il avait été trop gourmand. D'abord son handicap qui s'était avéré une chance et puis l'Hélène qui lui avait fait un enfant, qu'elle en était devenue sa femme.

A trop vouloir de la vie, un jour, elle se venge et ce n'est que justice. Le tout est d'être patient, montrer qu'on est compréhensif, pas revanchard.

Qu'on est méritant. Chaque jour, à attendre, à espérer, sans rien demander.

En fait, c'est à Dieu qu'il s'adressait à chaque fois qu'il posait sa chaise, enfin celle d'Hélène, qu'elle aimait s'y reposer, le dimanche, quand elle prenait du temps pour elle, comme elle disait.

Il commençait toujours par le remercier d'avoir fait de lui un sourd. Le monde à ce qu'on disait était bruyant, brouillon, pilonné par la guerre et ça faisait naitre la peur dans le ventre des gens. Helene avait tenté de lui expliquer et même à essayer, il n'avait jamais réussi à comprendre. Peut-être qu'il n'avait pas été assez attentif, pour ça et bien d'autres choses, il s'en faisait le reproche.

Lui ne ressentait pas la peur, il n'entendait rien du bruit du monde qui était en train de s'étriper. Alors, peut-être que son Hélène en avait eu marre.

Il la comprenait à présent parce que le bruit de toutes ses pensées lui était rentré dans la tête depuis lors et plus rien n'avait jamais été silencieux en lui. Le repos de l'âme l'avait quitté en même temps qu'elle était partie et c'était épuisant, à devenir fou.

Aussi, tous les jours il avait prié, souhaitant un signe, désirant savoir quand elle allait revenir. Pas si elle allait revenir, ça non, il n'avait jamais douté mais bien quand ?

Puis petit à petit, la raison l'avait quitté, il était entré dans une sorte de folie, à se parler dans sa tête. C'était toujours entre lui et Dieu, jamais avec les hommes. Sans Hélène, les autres ne l'intéressaient pas, il n'avait jamais su faire, encore moins avec sa fille qui grandissait, qui parlait, dont il n'entendait rien. Valait mieux tirer sa chaise et sa peine et attendre, devenir fantôme, comme elle.

Elle finirait bien par réapparaitre.

On

Bien sûr qu'elle n'était jamais réapparue, l'Hélène. Il n'y avait bien que le Jules pour l'espérer et la Marie aussi, un peu, dans l'enfance. Avant de savoir lire les signes, d'entendre les voix, d'interpréter les cartes.

Si tout le monde savait plus ou moins pour l'Allemand, le grand-père n'avait jamais dit pour la traîtresse. C'est ainsi qu'il la nommait intérieurement, ainsi que jour après jour, il se défaisait de sa culpabilité.

De voir le Jules devenir fou et la petite parler toute seule, le minait. Pour autant, il s'était tu jusqu'à la fin. Oui il avait tué un boche, et pour cela, personne ne le condamnait. Oui c'était l'amant de la femme du Jules et oui, mille fois, elle avait bien fait de disparaitre.

Jamais il n'était revenu sur sa version.

Que tout le monde sache quand même, suppute, imagine, pense que… était inévitable.

Entre ceux qui savaient peut-être ou avaient deviné, ceux qui ne disaient rien mais n'en pensaient pas moins, ceux qui s'en foutaient mais tout de même gardaient un œil ouvert, personne au village de Pleurs ne pouvait dire que tout cela n'avait pas existé.

Si encore, *On* avait pu passer à autre chose. La guerre finie, bien des pages se sont tournées. Mais avec le Jules qui tirait sa chaise sur son pont, point d'oubli. Une telle résistance à nier l'évidence pouvait presque le rendre héroïque. Jugé méprisable au début, parfois noble ou entêté, certainement fou à la fin.

Personne n'avait vraiment osé intervenir, trahir la première version, cette espèce de secret que tout le monde imaginait. Ça aurait dû être fait aussitôt, des mois et des années après, c'était trop tard, beaucoup trop tard.

On avait continué de vivre, de dormir, de manger, de penser tout bas.

Puis le Jules était mort. Et La Marie était devenue Elle, une sorcière, une folle, remisée à l'écart du village. Après ça, jusqu'au Sylvain, tout le monde avait cru la vie redevenue normale.

Mais voilà que son père se cassait le cou en chutant d'un échafaudage, que sa mère se suicidait et que lui-même se faisait interner avant de mourir.

Voilà que la chienne de Mort se relevait, que des ombres s'incarnaient. Cherchant un secours, une voix, une vérité. Peut-être simplement une place pour en finir dignement.

SAMEDI

Mon cœur est au repos
Mon âme est en silence.
Alphonse de Lamartine.

8h02

Une aube noire, un voile opaque, dense, sans visibilité aucune, la dernière heure avant la fin, peut-être même est-ce déjà fini, rien ne se lèvera plus, le jour à jamais endormi, défiguré par un gros nuage lourd, pesant, incompressible.

Une lueur lointaine qui peine à franchir l'obstacle, dont on devine le combat, entre ombre et lumière, une source qui cherche sa voie, perdue dans le grand labyrinthe de la nuit.

Les Concertistes, aveuglés par le spectacle, ont allumé toutes les lumières, vérifié l'heure, le jour et même la vie au dehors, aux candélabres extérieurs projetant un halo sans force.

Et ça dure, comme si plus rien ne pouvait sauver le jour nouveau, comme s'il fallait en passer par là, une grande nuit, pour tout effacer peut-être, tout engloutir. Recommencer.

Puis soudainement, une forte sonnerie les fait sursauter, les oblige à bouger, à se dissocier du décor, à reprendre vie, figés qu'ils étaient dans une espèce d'attente insoutenable.

Alors tous les deux ensemble, ils se ruent sur le téléphone, un antique téléphone fixe, posé sur un guéridon, relié à un fil, lui-même fiché dans une prise murale. Un objet qui avait bien fait rire Bastien quand il l'avait découvert et qui en cet instant semble vouloir leur sauver la vie.

S'il a sonné, c'est que quelque part, à l'autre bout, quelqu'un vit et peut-être même a vu le jour se lever. Le jour qui profite de leur absence pour déchirer le ciel, qui gagne enfin, qui essaie en tout cas, qui vient se nicher en un rai de lumière, précisément là où ils se tenaient auparavant devant la fenêtre de la cuisine. Le jour qui profite qu'ils se ruent sur le téléphone pour enfin se dévoiler, heureux de sa farce, d'avoir joué un mauvais tour aux hommes.

C'est encore incertain mais c'est là, ça insiste, ça zèbre quelques nuages.

Les Concertistes s'en rendront compte après coup quand ils auront raccroché, soulagés que l'appel ne soit pas ce qu'il craignait, l'annonce d'une apocalypse, d'une fin du monde, d'un ajournement de vie, soucieux tout de même de cette voix en pleurs qui les a suppliés de venir.

Là, maintenant, tout de suite.

Anne-Sophie

Il y a d'abord eu le rêve avec l'aigle mort comme si le Sylvain avait trépassé deux fois, comme si c'est lui qui tombait du ciel pour la prévenir. La secourir ? Lui parler ?

Mais elle n'a rien entendu ni compris, trop surprise par cet aigle royal surgissant d'un coup, au milieu de la nuit, cet oiseau fou qui venait du dessus des nuages, qui semblait traverser le soleil et en ressortir, foudroyé, se laissant choir de tout son poids, là, juste au-dessus de sa tête, en plein sur sa maison, son toit, son lit, son cœur.

Elle s'était réveillée en sursaut, en pleurs, comme sonnée, comme si la chute avait eu lieu vraiment et que le poids du présage s'était incarné en elle, dans son ventre, créant une boule d'angoisse qu'elle avait bien eu du mal à calmer.

Pourtant, se retrouver chez elle, seule, dans le silence, avec tous ses objets familiers autour d'elle, avait contribué à la raséréner, ce n'était qu'un cauchemar, elle se l'était répété trente fois au moins. Normal aussi, avec tout ce qu'il se passait depuis des jours. Ceux de la grande ville qui étaient venus et à qui elle s'était confiée, à qui elle avait donné sa confiance mais qui l'avaient fait parler et ce faisant, avait ressuscité des souvenirs. Un peu de son histoire, ravivant le manque de ses parents et puis, celle du Sylvain évidemment, de Thaas et encore de la Marie dont plus personne à part elle ne prononçait le prénom et ne racontait l'histoire

Que ça lui retournait les sangs comme aurait dit sa mère. *Par ici, on n'aime pas trop le chahut. Encore moins la petite. Qui s'en faisait toujours pour tout. Il faut apprendre à te protéger. Pour après. Quand on sera plus là.*

Anne-Sophie, qui aurait tellement voulu avoir quelqu'un à qui parler, surtout hier soir, que justement, elle attendait la Marie, comme tous les vendredis, que c'était leur habitude, presque un secret et qui n'était pas venue, sans prévenir, pour la première fois depuis des années. Elle avait tout de même fini par s'endormir, très tard, angoissée avec un mauvais pressentiment logé dans son cœur, que plusieurs fois, ça l'avait comme empêchée de respirer.

Alors, ce matin, n'y tenant plus, sans ouvrir les volets ni le café, sans rien voir au dehors, elle s'était levée et elle avait utilisé le téléphone, le même que ses parents à l'époque, marron, avec un cadran rond et avec cette voix qu'elle ne se reconnaissait pas, qui revenait de l'enfance, des peurs, d'un besoin d'être rassurée, elle les avait suppliés de venir.

Ni les jumeaux, ni les amis du lieu, ni ceux de d'habitude, que c'est sûr ils n'auraient pas su quoi faire mais bien les deux hommes, les deux policiers quand même des étrangers mais aussi, à force, des amis.

Elle

C'est presque l'heure de la fin, le ciel est noir, pesant, envahi de nuages noirs, d'ombres folles, de visages maudits, de murmures hantés.

La vérité est déterrée, les fantômes évaporés et pourtant ils planent encore, malheureux,

Elle le sent, c'est comme une plainte dans la nuit qu'Elle ne cesse d'entendre. Comme si sa mère s'adressait à Elle mais pour lui dire quoi ? La remercier de l'avoir libérée de l'humus lourd et rendue à l'air libre ? Ou au contraire de l'avoir dissociée de son jeune amant ? Séparée à jamais ? A ce stade, Elle est devenue trop faible pour bien faire la différence. Elle sent la fin qui approche, la délivrance et Elle comprend pourquoi Elle a tenu si longtemps.

Toutes ces années dans les bois à veiller, sans rien savoir, sans jamais s'écarter, ni partir, encore moins tout quitter. Personne d'autre qu'Elle sur le site maudit. Gardienne, malgré elle, de La tombe des amoureux, interdite de profanation.

Juste le Sylvain l'autre soir, il y a une semaine déjà et la Marie surement qui va venir avec les deux bougres, c'est certain. Hier, Elle n'a pas donné signe de vie, la petite a dû s'inquiéter, Elle la sent en chemin.

L'heure a sonné, il est temps, Elle sourit au travers de ses larmes, ses drôles de larmes, de joie et de peur aussi, un peu, que c'est la première fois qu'il lui en coule comme si tout avait été gelé depuis son enfance et qu'à quelques minutes de rejoindre sa mère, son père, l'histoire du grand monde, tout s'affaisse en elle.

Ça lui fait comme un grand soulagement de ne plus rien retenir, de tout laisser partir, de sentir son corps la quitter et ses pensées et toute la douleur d'avoir eu à vivre ainsi.

C'est maintenant qu'elle s'en aperçoit que tout est allé de travers, au moment de quitter le sol, qu'elle aurait bien aimé, elle aussi, connaitre une autre vie, ne pas rester prisonnière du passé, du sortilège, des amants abandonnés, sacrifiés.

Que si tout avait été dit, vu, montré, avoué, alors Elle aussi, Elle aurait eu sa vie même si jamais jusqu'à cet instant, Elle n'a imaginé ni envié une autre existence, là, c'est comme un regret, une certitude. Mais peut-être est-ce seulement la voix de ses ancêtres, des fantômes, ou des amants qui la traversent ?

Peut-être que tout se mélange ?

Le ciel au-dessus de sa tête n'en finit pas d'être noir, Elle a l'impression que plus jamais le jour ne se lèvera et qu'une fois encore, il sera trop tard.

Les Concertistes

Une accélération, enfin, au bout d'une semaine comme une nécessité vitale, la voix de la gamine qui retentit encore dans leur tête, en pleurs, désemparée.

La voiture qui file à travers les rues désertes à vive allure, le jour qui éclaire la route mais sans fanfaronnade, donnant son minimum syndical.

Le bouillard qui prend la relève avec de la bruine, une sorte de matin de chien qui mord la bonne humeur et coupe les pattes, la bonne volonté, l'audace.

Pourtant, sans se poser de questions, les Concertistes traversent le ciel dense, la vie sans appétit, le bout du tunnel sans apercevoir aucune lumière ni même imaginer qu'ils puissent en trouver une car si le jour tend à se lever, il est loin d'avoir gagné la bataille. Eux s'en foutent royalement, ils tracent droit devant et vont là où la jeune femme les a appelés, sans se parler, une mine de papier mâché à faire peur, vêtus avec les fringues de la veille, pas douchés et mal rasés, en habit d'homme brut, prêt à tout.

Aussi, quand ils freinent devant l'enseigne de la gamine *C'est ici chez vous*, ils ne s'enquiquinent pas de bien se garer, de verrouiller les portes, de s'essuyer les pieds et de pousser doucement la porte, non, ils sortent en trombe du véhicule, moteur allumé, pleins feux et s'engouffrent comme si leur vie en dépendait, pétris d'urgence.

Anne-Sophie est là, derrière son bar, seule, le nez dans un grand un bol de café, sur lequel est écrit son prénom et les voyant se jeter sur elle, de la porte au comptoir, elle sourit.

Ça y est, ils font partie des habitués, elle n'en a plus peur et même, elle est rassurée, de les avoir appelés a suffi à calmer ses pleurs, sa panique, presque sa douleur.

Elle sait déjà qu'elle va leur dire de l'emmener voir La Marie et qu'ils iront.

Eux, ils en restent comme deux ronds de flan, comme si on leur avait joué un mauvais tour, voire plus mais devant la joie naïve de la jeune femme, tellement soulagée de les voir, déjà à s'affairer pour leur préparer un café, ils se mettent à rigoler, conscients d'avoir volontairement pris prétexte de cet appel pour jouer les héros et ce faisant, retrouver une vieille complicité de flics des rues. Ils n'ont plus qu'à faire redescendre l'adrénaline, se laisser payer une seconde tournée, écouter Anne-Sophie leur expliquer sa nuit et ses craintes avant de quitter les lieux, vingt minutes plus tard.

Le chemin

Il n'existe qu'un seul chemin pour aller jusqu'au lieu-dit Les Grands Chatelliers. Une fois garée la voiture, en lisière de forêt, il faut prendre un sentier pentu sur plusieurs dizaines de mètres avant de s'enfoncer, à plat, sous les hauts arbres.

Alors que le jour crisse d'angoisse à tenter de percer la pénombre, les trois amis clignent des yeux, aux aguets, en file indienne derrière Anne-Sophie qui, bizarrement, semble hésiter à chaque pas.

Pierre connait bien les environs, pour autant il n'est jamais venu aussi près, une sorte d'instinct l'en a toujours tenu éloigné, à chaque fois qu'il a voulu s'approcher, il s'en est empêché et a contourné l'endroit par des artères plus grandes, au grand jour.

Il y a dans ce bois quelque chose qui enveloppe dès qu'on y entre comme si tout se resserrait d'un coup, rétrécissait, se collait à vous, les arbres, les branches, les feuilles, la terre sous les pieds, une sorte d'ensevelissement qui force à retenir son souffle, se faire tout petit, quasi invisible.

A part la Marie, c'est un fait que personne n'y met jamais plus les pieds.

C'est une parcelle abandonnée, dont la commune a fait le deuil. Les rares fois où elle avait voulu y faire venir des habitants, des agents de la commune et même des étrangers pour en expertiser la surface et le potentiel à utiliser, il s'était passé quelque chose qui avait rendu le rendez-vous caduc.

Il était admis que l'endroit était insalubre, inamical, sans valeur, pour ne pas dire hanté, voire maudit, victime du passé.

N'était-ce pas là, à l'époque, que le boche avait été tué ? Et que trainassait la Marie ?

Chacun des comparses le sait, Anne-Sophie a prévenu avant de partir, c'est l'antre de la femme, un sanctuaire protégé. Personne n'y va jamais.

Sauf le Sylvain, une fois mais comme chacun sait, après ça, il est mort.

Est-ce le silence, l'humidité, la faible luminosité, le craquement du bois sous les chaussures, toujours est-il que personne ne parle, ni même redresse la tête.

Anne-Sophie en tête, ils continuent de progresser à pas comptés, sans se retourner, posant les pieds avec prudence comme s'ils anticipaient un piège qui viendrait du dessous, des entrailles de la terre. Ça ne tient à rien, c'est malgré eux, une sorte d'angoisse, de peur sourde qui les a pris d'assaut sitôt pénétré le lieu.

S'il doit arriver quelque chose, cela viendra du sol, c'est certain.

IL

L'électroconvulsivothérapie (ECT), autrefois appelée sismothérapie et plus connue sous le nom de traitement par électrochocs, est une méthode d'électrothérapie utilisée en psychiatrie, consistant à délivrer un courant électrique d'intensité variable sur le cuir chevelu. Aujourd'hui, l'ECT est surtout administrée aux personnes souffrant de dépression majeure sévère, de certaines formes de trouble bipolaire, de catatonie ou de schizophrénie, lorsque ces conditions sont résistantes (réfractaires ?) aux traitements habituels (médicaments/ thérapie).

Grand 1
Il existe au moins six effets secondaires majeurs à l'utilisation des électrochocs.
Un, les troubles mnésiques et confusionnels.
Deux, les accidents neuropsychiatriques
Trois, l'épilepsie.
Quatre, les syndromes confusionnels.
Cinq, les troubles de la mémoire.
Six, une anxiété due au traitement.

Grand 2
Une étude confirme que les électrochocs peuvent provoquer une détérioration cérébrale suffisamment grave pour entraîner la mort et précise que le taux de mortalité imputable aux électrochocs a augmenté avec l'introduction des anesthésiques.

Grand 3
Une autre étude a trouvé que le taux de suicide est presque doublé pour les personnes ayant subi une ECT. Il est certes vrai que l'électrochoc est communément administré sur des personnes à tendance suicidaire. Plutôt qu'éliminer la dépression, la perte de mémoire et la perte des aptitudes mentales causées par l'ECT, cela a

provoqué tant d'angoisse chez les patients qu'ils se sont suicidés après avoir reçu le traitement.

Autant de données, de possibles, de pistes, de marges d'erreur que le Grand Professeur connait bien. Si la mort du jeune Sylvain Brasse est accidentelle, les instances ont statué, le jeune homme a été enterré, personne ne reviendra là-dessus, il n'en reste pas moins, que cette fois-ci encore le doute est là.

En presque 42 ans de carrière, Il a pu juger, noter, compulser dans l'un de ses grands cahiers noirs, moleskine 19*25, 120 pages, papier ivoire, et seulement ceux-là, les effets, les conséquences, les réserves, les conclusions de la sismothérapie à répétition ou à outrance, c'est selon.

Si un jour, bien lointain, il a été confiant, totalement convaincu, voire aveuglé et imbu de lui-même, de son titre, de sa place, et de ses diagnostics, avec le temps et les années, la vieillesse et la douleur, omniprésente depuis quelques mois, se pose aujourd'hui la question de sa responsabilité.

A cette heure du jour, affaibli par la maladie et peut-être aussi mais de façon souterraine, par la culpabilité, Il doute.

Il suppute. Il dort mal.

Et même parfois, Il s'en veut.

Cette impression pour lui-même d'être à l'agonie, de voir la mort arriver, certainement la mise au rebu, de devoir céder la place, de donner les clés à quelqu'un d'autre - mais qui ? - sans qu'aucun de ses secrets ne soit dévoilés, mis au grand jour, le rend vulnérable, perméable, dangereusement décisionnel.

Trois pauvres options s'offrent à lui.
- Se tirer une balle dans la tête et advienne que pourra.
- Tout bruler, le centre, lui avec, faire croire à un accident.
- Effacer les traces, passer la main, mourir à petit feu.

Une seule est à la démesure de son égo.

Elle

Elle a senti leur présence.

Elle sait le chemin, ils arrivent et c'est à ce prix qu'elle tient.

La nuit a rendu les armes, peu à peu, Elle a vu le jour s'immiscer, transpercer la canopée, un trou dans le toit de sa cabane et poser sur sa joue un unique rayon de soleil. Pas souvent que ça arrive, il a fait sombre plus souvent qu'à son tour dans son repaire. Elle s'y était bien habituée, ça évitait les intrus, la protégeait du village, des autres.

On, Eux, Il, Personne, Tout le monde.

Ces ombres vivantes par qui le mal était arrivé, avec qui la mort était entrée.

Oh bien sûr pas tous coupables de la même façon, mais coupables quand même, chacun à son niveau même le boulanger et ses petits pains qui a eu pitié, ça c'est sûr mais qui s'est tu quand même, qui devait bien savoir, à voir son père devenir fou et elle, s'isoler, de plus en plus rejetée.

Il faut croire qu'à la veille de quitter ce monde les ombres ont décidé de laisser passer la lumière, la bataille a été rude, Elle a bien cru y passer ce matin, le froid est venu sur tout son corps, il est rentré par sa bouche, ses oreilles, ses yeux.

Et puis d'un coup, le ciel s'est déchiré et en même temps qu'elle a senti l'Anne-Sophie et le bougon et son acolyte venir vers Elle, il y a eu ce rayon lumineux et depuis, Elle sourit.

Hier Elle pleurait, aujourd'hui Elle sourit. Pour sûr que c'est la fin. Tant d'agitations et d'émotions, toute la délivrance est là, sur le point d'être dite, donnée, avouée, sue, mise au grand jour.

Alors Elle attend, sans faillir, allongée sur le vieux matelas de son enfance, superposé à celui de ses parents et toutes les couvertures autour, dessus, dessous, qu'on ne lui voit plus que le visage et son sourire qui passe au travers de sa cabane, qui rejoint la forêt, qui fait et refait les chemins qu'elle a tant parcourus.

Elle entend même un rouge-gorge chanter, à moins que ce ne soit un pic épeiche ou une mésange charbonnière. Qui sait ? Une chouette ? Le son est là mais Elle ne distingue plus aussi bien la mélodie, sa mémoire fuit par tous les bords.

Il est temps qu'ils arrivent et qu'ils voient et qu'Elle enfin, Elle s'en aille.

Eux

C'est l'odeur qui les alerte, même en plein air, même en plein jour.

L'odeur de la fin ou de la mort ? Quelque chose de dense qui pénètre leurs sinus et les ferait presque éternuer. Il y a sur ces derniers mètres de chemin tout un amalgame d'objets qui forme un amoncellement précaire, discordant, hétéroclite.

Syndrome de Diogène* pense aussitôt La Carpe. Ils vont se retrouver face à une femme en grande précarité sociale, ça il pouvait s'en douter mais aussi et surtout, psychique, affective, humaine. Isolement, accumulation, négligence physique, repli, personnalité prémorbide, tout est là, certainement un cas d'école et pour cause, toute sa vie n'a été qu'un long chemin de privation, de rejet, de défiance.

Les barrières de détritus qui jalonnent les alentours en sont la preuve, ils vont devoir pénétrer avec prudence et beaucoup de douceur. Qui sait si elle les attend et comment ?

A en croire Anne-Sophie, elle n'est pas dangereuse, sauvage, fière, un peu à part, oui mais gentille. Depuis toutes ces années, elle s'en serait rendu compte.

---

*Le syndrome de Diogène est caractérisé par un trouble du comportement conduisant à des conditions de vie négligées, voire insalubres. Ce syndrome comprend, sans s'y limiter, une forme extrême d'accumulation compulsive ou de syllogomanie.

Et pourtant, au seuil de sa drôle de cabane, qui tient du miracle, tout habillée de planches, de plaques de zinc, de portes de voitures et de tissus, ils retiennent leur souffle. Si l'extérieur est encore respirable, qu'en sera-t-il de l'intérieur ?

Ils en sont là, tous les trois, à se regarder, sans rien dire, chacun encore un peu en retrait, absorbé, ou choqué par l'ampleur du décor. Ils se sont arrêtés à quelques pas de l'entrée, sans porte véritable, plutôt une planche de bois posée sommairement qui laisse voir un puits noir, une trouée sombre et qui dégage une forte odeur de crasse quand d'un coup, une voix éraillée, qui crachote plus qu'elle ne parle, se fait entendre. Alors ils sursautent, tous les trois, de concert.

- Bah alors, vous attendez quoi ? Z'avez les chocottes ou vous attendez que je meure ?

Ils sursautent oui, et simultanément, en son for intérieur, La Carpe se marre. Voilà bien un accueil bien loin de la fonction phatique à laquelle il pouvait s'attendre.

Les aveux

Un accueil et une ultime confession à l'image du personnage, haut en couleurs, direct, sans détour puisque c'est un fait admis, la clepsydre est à l'œuvre, chaque minute comptée.

La Marie a encore du bagou, l'audace des mots, la volonté de tous les dire mais son teint craie, ses yeux vides qu'on dirait aveugles, la façon dont elle les reçoit et dont elle leur fait face, sans bouger d'un pouce, emmitouflée sous ses couvertures avec juste un pâle rayon de soleil pour l'éclairer et assister au spectacle, en dit long sur l'urgence de la situation.

Peut-être est-ce pour cela qu'elle ne s'enquiquine pas de faire les présentations, de leur proposer de s'asseoir et où d'ailleurs, il n'y a là que de la terre noire, poussiéreuse et humide, une table en fer rouillé jonchée de détritus, une vieille chaise à trois pieds, des cageots de toutes sortes, un antique poêle à bois, des cargaisons de vêtements dispersés ici et là qui servent aussi à boucher les trous, des piles de journaux entassées du sol au plafond, au moins des centaines, rongées de moisissures et d'humidité et un seau d'eau, posé pile poil sous un trou, dans le plafond. Rempli à ras bord, près de déborder.

La Virgule juge d'instinct qu'il faudrait être un funambule aguerri pour tenter d'aller le vider sans imaginer qu'il ne déborde et finisse de souiller l'endroit. Et encore tout partout, un enchevêtrement d'ustensiles sans âge, des bougies par paquets de douze, des légumes avariés, un sac de pommes de terre éventré et, bloquée dans un coin, une vieille femme, toute plissée, posée en hauteur, sur un lit à plusieurs matelas, au moins deux et un socle de cartons pour l'isoler du sol, du froid et certainement des rats qu'ils ont entendu couiner et déguerpir dès qu'ils sont entrés.

L'odeur leur a sauté à la gorge, la crasse, la misère, le sordide aussi.

Ils n'ont toujours rien dit. Même pas bougé. Figés au milieu de la pièce, dans le seul interstice où ils peuvent encore se tenir tous les trois, debout, sans être assaillis du fatras qu'on dirait prêt à vouloir les ensevelir.

Seule Anne-Sophie a tenté une avancée, voulu se rapprocher, eu l'envie de faire un geste vers la femme, tendre la main, la secourir en criant presque son nom mais La Marie l'a arrêtée d'un cri, avec sa gorge sourde, brulée de nicotine, comme une voix de rogomme même si à première vue, ils n'ont pas encore découvert des cadavres de bouteilles. Après ça, elle ne s'est pas embarrassée de fioritures et tout de suite elle leur a parlé du bidon avec les os dedans, de l'allemand et de sa mère, de la croix gammée et de la médaille de la Vierge Marie, de tout ce qu'elle avait toujours su qu'on pouvait à présent prouver. Et évidemment, du dernier mort.

Le dernier mort

Lui, le Sylvain, le jeune Brasse, petit-fils du tueur de boche, qui, il y a une semaine, vient faire la nique, un soir d'hiver, à quatre-vingt ans de mensonges, de lâchetés, de déni, sur la seule foi d'Anne-Sophie, l'intermédiaire, celle à qui tout le monde se confie parce que simplette, bonne pâte, empathique, généreuse, altruiste, sans jugements. Qui a entendu toutes les versions et a fini par en causer au jeune homme, son ami. Pour l'aider, le réconforter ? L'encourager ?

Lui dire qu'il avait raison pour les ombres, tout ce que tout le monde cache et enfouit sous le poids des années, des saisons, au fond de soi ou au fond des bois. Alors lui, de courir aussitôt rejoindre La Marie, celle dont il a toujours entendu parler comme d'une folle, une sorcière, une pestiférée, une possédée même.

Une comme lui au fond, rejetée, délaissée, abandonnée comme ceux de Thaas parce que différents, trop différents, tellement différents que ça en devient dangereux, tous dans le même moule ou rien, au placard, sous camisole, électrifiés, shootés. Et le voilà qui court et court et s'en vient et entend et voit et reçoit. Les mots, les images, les preuves. Tout comme la Marie.

Ce qui a commencé avec elle se termine avec lui, unis par un même crime, un même sortilège, deux familles autrefois amies, puis détruites.

Avec cette même épée au-dessus de la tête ?

Qui n'en finit de couper en quatre les pensées, qui rend fous, qui voit, perçoit, soupçonne les murmures du temps, du passé, des vérités. Cette tête qui n'en finit pas de ressasser, depuis toujours, de porter en soi la lignée et chaque jour que Dieu a fait, d'en payer le prix.

Pierre

Il a roulé sa dernière cigarette et contre toute attente, il l'a fumée, dans le gris cendre de ce jour hésitant, aux contours encore flous, il a osé transgresser cette règle qu'il s'était imposée jadis, quand la nicotine était devenue une addiction et qu'il avait fallu y renoncer. Rouler ses cigarettes sans les fumer avait été un compromis, une façon de négocier avec sa mort en égrenant celle des autres. Il a donc gouté chaque aspiration avec entêtement, jusqu'à s'en étourdir.

Il a subtilisé à La Marie une boite d'allumettes qui trainait près du poêle à bois puis il est sorti, juste un peu avant Bastien – pour le devancer, ne pas être empêché de – et il l'a allumée sans effort, sans même essayer de se convaincre de ne pas le faire. C'était irréfléchi, soudain, comme un besoin irrépréhensible, urgent Un peu par vengeance, beaucoup par suffocation, pour chasser le dégout de ce que toute cette histoire lui inspirait, en le troquant contre un dégout encore plus fort.

Celui-ci tangible, bien réel, assumé.

Bien sûr, cette ultime clope, il aurait dû la poser près de la vieille femme comme à chaque fin d'enquête. C'était le signal, après ça, il n'y en aurait plus. Alors avec Bastien, il prendrait le temps de se féliciter, de se souvenir de chacune d'elles, d'en faire le compte et de passer à autre chose.

Mais pas aujourd'hui, ni demain, ni jamais d'ailleurs. En la fumant, au contraire, il prenait une toute nouvelle décision. Renoncer. C'était ses derniers morts, sa dernière investigation.

Il allait partir, faire ce qu'il aurait dû faire il y déjà quatre ans. Rejoindre César dans son ranch américain et bouffer de la poussière jusqu'à crever de soif, loin de tout, des hommes, de sa chienne de Mort, en pleine nature.

L'errance s'arrêtait là, aujourd'hui. Parce qu'il s'agissait bien de cela, n'est-ce pas ?

Une errance sur huit décennies qui n'avait laissé aucun héritage, aucun survivant, une longue perdition de ce que chacun des personnages aurait dû être et de ce qu'il était fatalement devenu.

Une semaine d'errance pour les Concertistes contre quatre-vingt ans pour l'ensemble des protagonistes, la bataille était inégale, c'était peine perdue.

Bastien et lui n'avaient rien résolu, à peine avaient-ils agi. Tout au plus, ils avaient été les témoins d'une tragédie finissante pour ne pas dire les pantins car tout s'était joué à leur insu.

Commencé bien avant eux, fini quoi qu'ils puissent essayer d'en conclure.

Une histoire simple que les hommes ne cessaient de perpétuer, sous une forme ou une autre depuis la nuit des temps et qui aurait pu tenir en une phrase :

Il était une fois, jadis, des jeunes gens qui avaient osé s'aimer ou plus globalement, osé braver l'interdit, et qui, ce faisant, en étaient morts, jetant sur leurs proches et leurs descendants un anathème mortifère, diabolique et inexpugnable.

Point final et à la ligne, on recommence. Prochain hère, prochaine lignée, on change les noms, le lieu, l'époque, on diversifie les challenges, les obstacles, les adjuvants, les ennemis et l'histoire se renouvelle. Sempiternelle. Parce que c'est ainsi que les Dieux s'amusent à nous voir faire et défaire, aimer et désaimer, lacérer et recoudre.

Parce qu'ainsi la vie se perpétue et qu'il faut bien qu'elle s'agite, souvent dans tous les sens, pour éviter l'ennui, la stagnation, le vide dont elle a horreur comme dans ces films de série B où les ingrédients se résument à : sexe, argent, pouvoir.

Trois tiers temps, un shaker, et c'est parti.

Quoi qu'il fasse, Pierre faisait le constat qu'il finissait toujours par se retrouver avec *la Chienne de Mort* à ses trousses, pendue à ses basques, tombée à ses pieds.

Et non, en aucun cas, ça ne pouvait être réduit à une simple phrase remixée à l'infini.

C'était toujours, des hommes, des femmes, des enfants, de la chair, du cœur, des tripes, des âmes errantes, abandonnées. Il y avait tout au fond et en creux, de l'épaisseur, de l'amplitude, des émotions, des destins et des larmes, tellement.

Ça pouvait être un père, une pauvrette, un parent, un ami, un amant, toi, bien au chaud, à me lire ou ton fils, à toi, celui que tu chéris tant.

Absolument pas un inconnu, jamais un inconnu dès lors que l'on se penche et que l'on regarde au-dedans de l'autre, cet autre qui ici joue le méchant mais qui est ou fut certainement toi. Ombres réelles ou pas ? Coupable ou innocent ?

Ça dépend des vies, de ce que l'on sait, de ce que l'on croit. Comprend. Expérimente.

Fou un jour.

Sage demain.

Qui peut le dire en vrai ?

Qui ?

6 jours avant

Ils ont fini de diner et de parler, Anne-Sophie a tout raconté au Sylvain, les ossements, la croix, la médaille, le grand-père, comment les familles étaient liées, enfin tout ce que la Marie lui avait dit de ce qu'elle avait compris.

Elle avait ajouté : *Pas souvent qu'Elle le faisait, de parler ainsi. D'habitude, Elle venait chercher ces cigarettes, boire deux ou trois chopes, prendre les nouvelles mais ce soir-là, après sa découverte, transie de froid et de douleurs, elle m'avait tout raconté. Je crois que c'était pour que je te dise.*

La Marie ne l'aurait pas contredite, ce n'était pas de l'amitié, pas une volonté en soi, c'était la fin annoncée maintenant que tout était su, elle savait qu'elle allait mourir, qu'elle n'avait plus rien à attendre, à expier, à chercher. Il n'y avait que la petite à qui ça ferait de la peine, elle voulait mettre les choses en ordre, la prévenir.

Elle ne se doutait pas que le Sylvain viendrait, que la môme lui ferait les mêmes confidences qu'elle était en train de lui faire et en même temps, c'était prévisible, peut-être même qu'Elle avait provoqué tout ça, à l'insu d'elle-même, pour être sûre de conjurer tous les sorts. Que tout soit dit, fini, absous.

Alors de voir arriver le gamin ne l'avait qu'à moitié surprise même s'il faisait nuit, qu'on était en plein hiver, même si les bois et le chemin et toute sa vie dispersée partout.

Il était venu et ils avaient parlé comme seuls deux perchés comme eux peuvent le faire. C'est la réflexion qu'ils s'étaient faite, à un moment donné de la soirée quand ils en étaient venus à parler des voix, des intuitions, de ce qu'ils voyaient, de ce qu'ils recevaient malgré eux, de ce par quoi ils étaient passés, quand ils refaisaient l'histoire et tout ce que cela avait engendré.

Quand tout avait été confondu, le don et la malédiction, ce qui aurait pu être un cadeau qui était devenu un poison. Ça avait duré jusque très tard ou très tôt, au cœur de la nuit.

Lui il était épuisé, ce n'était plus dans ses habitudes de tant dialoguer, d'écouter, d'être écouté et puis il y avait tout ce passé qui avait été remué, les larmes versées, les morts regrettés. Tant et tellement de choses à ingurgiter, à digérer.

A un moment donné, il s'était levé et la tête lui avait tourné, peut-être aussi la faute à l'odeur dans la cabane et le feu qui vous chauffait le corps et faisait transpirer et en même temps cette humidité qui vous pénétrait et peut-être aussi la faute à cette boisson qu'elle leur avait servie, une gnole qui d'une lampée lui avait irradié l'œsophage jusque dans le bas du ventre alors même qu'il n'avait jamais bu une goutte d'alcool.

Il était sorti respirer l'air frais, avait marché quelques pas, il avait titubé un peu, puis beaucoup, et il avait tenté d'inspirer un grand coup, de lever la tête, de se tenir à quelque chose mais sa vue s'était brouillée, son corps lui avait semblé lourd, incapable à porter plus longtemps, il avait cherché du regard quelque chose pour s'asseoir, il avait titubé encore et d'un seul coup, tout s'était arrêté, il était tombé, sa tête en arrière.

Et ça avait été fini. La Marie l'avait trouvé ainsi quelques minutes plus tard. Il avait quand même réussi à marcher plus de 100 mètres, exactement là où tout avait commencé, un jour, entre un homme et une femme, qui n'avait pas eu le temps de s'aimer. Ni même le droit.

Elle l'avait regardé longtemps, ne sachant trop quoi faire, elle avait pensé que tout était maudit jusqu'à la fin, qu'ils avaient peut-être défié les morts une fois de trop, que rien ne lui avait été épargné et que c'était triste, si jeune, si beau alors que tout aurait dû maintenant recommencer, pour de vrai.

Elle avait songé à l'enterrer là, auprès des siens, de ne rien dire, de mourir elle aussi, d'en finir une bonne fois pour toutes et puis le visage du bougon lui était apparu aussitôt, cet ex flic qui habitait là, qu'on avait mis sur son chemin ; Et comme elle croyait au destin, absolument pas au hasard, elle avait pris sur elle de dépouiller le garçon, de le mettre nu, comme au commencement et de le transporter là où on l'avait trouvé il y a de cela une semaine.

Les Concertistes

Les concertistes abasourdis, profondément choqués, au-dessus du bidon, à ne pas oser en soulever le couvercle, compter les morceaux, reconstituer le puzzle, salir les preuves, si tant est que… Bastien n'a même osé relever la trahison, cette ultime clope non donnée, qui pourrit l'haleine de Pierre au lieu de statuer la fin des débats. Et quel débat ? Au bout de tant d'années, plus rien ne subsiste que l'interprétation qu'on a des faits. Et à qui les raconter ?

A priori, plus personne n'existe qui pourrait confirmer ou infirmer les dires de la Marie.

Divagations d'une vieille folle ou au contraire, genèse d'une mort annoncée. Celle du jeune Brasse, que rien n'aurait pu éviter.

Des décennies pour en arriver là, parce qu'un jour la guerre, la haine des peuples, des uniformes, parce qu'un jour l'amour, le vrai, au-delà des nations, des costumes, des folies, parce qu'une nuit un grand-père, malheureux, frustré, en colère, parce que tout un village, complice, lâche, hypocrite. Parce qu'alors, deux enfants, deux descendants, unis dans un combat, malgré eux, contraints, sacrifiés.

Les Concertistes restent là, bras ballants, indécis, il est midi, le temps joue en leur faveur, ils ont laissé Anne-Sophie auprès de la Marie, épuisée, sans voix, Elle a parlé puis Elle s'est tue, alors ils sont sortis et ont laissé les deux femmes finir le chemin.

Ce qui arrive ne leur appartient pas, leur présence n'était plus souhaitée, ni souhaitable. Anne-Sophie saura faire, être là, tenir la main, accompagner.

Ils se doivent de garder le silence, d'attendre, de ne pas partir, de ne rien précipiter.

Tout a attendu jusque là, attendra encore, le dernier souffle, la dernière victime.

Anne-Sophie

Il ne s'était rien passé de plus après que les hommes l'avaient laissée seule avec La Marie.

Elle n'avait plus rien dit, Elle avait fermé les yeux et Anne-Sophie avait tenté d'écouter jusqu'au bout.

Le silence et son souffle de plus en court, ses dernières paroles qui flottaient encore dans l'air saturé, toutes ces pensées qu'Elle avait mises entre les lignes, entre les mots et cette immense tristesse en trainée de boue sur le sol, les murs, dans chaque recoin, cette solitude incommensurable à n'avoir même pas une table où manger et une chaise où s'assoir, cette montagne de journaux à déchiffrer la vie des autres, du monde, des hommes quand la sienne s'était écrite en lettres de sang depuis tant d'années, ces vieux lambeaux de toiles, haillons, nippes, hardes, d'oripeaux, cette drôle de photo, en noir et blanc, d'une chaise vide sur un pont, ces dizaines de boites de conserve alignées sur une poutre, cette mort en guenilles, cette âme défroquée.

Tout ce que l'histoire avait cru bon de devoir verrouiller d'envie, de possible, d'idéal.

Et cette odeur, mon Dieu, cette odeur qui suintait la souffrance, la suée d'une vie inutile, les pleurs salés, la morve sale et les déjections animales.

Il avait suffi que les hommes s'en aillent pour que les bêtes reviennent, une tripotée de chats, jeunes et vieux, de toutes les couleurs au pelage lourd, mouillé, odorant, les yeux malades, un par un ils étaient sortis de derrière un enchevêtrement de sac-poubelle en plastique noirs, remplis et alignés à la tête du lit, au moins une dizaine qui était venue se faufiler sous et sur les couvertures, la truffe et les pattes tendues vers le visage de La Marie. Une vraie haie d'honneur.

Un instant, qui avait surement duré plus que ça, Anne-Sophie avait fermé les yeux priant comme elle le faisait pour ses parents au cimetière, demandant de l'aide.

Alors les chats s'étaient mis à ronronner tous ensemble dans une sorte de mélodie unique, dans une communion presque magique, à ce moment, les larmes d'Anne-Sophie avaient coulé, d'abord en dedans puis en dehors, doucement, longtemps.

Quand elle avait rouvert les yeux, La Marie s'était éteinte et les chats avaient de nouveau disparu.

Eux

Anne-Sophie est sortie de la cabane, les yeux rougis, le regard triste, elle n'a rien dit, juste eu un mouvement du menton, les Concertistes ont compris.

Ils se sont assis tous les trois sur un tronc d'arbre, au milieu de ce champ de ruine qu'avait été la vie de Marie, une désolation à perte de vue.

Le soleil avait fini de chasser la grande détresse de l'aube noire, toutes les ombres avaient fui et pourtant, le malheur était là, niché dans le moindre mètre carré, incrusté comme une encre sale et indélébile.

Le bidon macabre trônait fièrement au milieu de cette infortune, preuve irréfutable de toutes ces afflictions. Ils se regardaient en silence, attentifs, soucieux de trouver le bon moment. Ils finiraient par agir mais pas maintenant, pas encore.

L'histoire pleine et entière était là, entre eux et ça prenait une foutue place, tout ce gâchis, ces vies meurtries.

Focus sur le kaléidoscope.

La mise au point est maintenant parfaite, l'image apparait entière, dans un enchevêtrement sans queue ni tête pour les non-initiés mais pour les Concertistes, Anne-Sophie et vous à présent, les zones d'ombre ont disparu.

C'est comme un immense triptyque, moitié Epinal, moitié Dalí.

Il y a ce grand fond sombre où luit une aube noire et aussi un soleil disproportionné en face d'un clocher d'église et d'une multitude de minuscules maisons.

Il y a le père, la mère et la Marie, le grand père, la fille et le Sylvain, en miniature à l'orée d'un bois, des silhouettes, des fantômes.

Au centre, prenant toute la place, un gros bidon noir.

Il y a aussi une ribambelle de chat et bien sûr, une canne, seule, comme suspendue dans les airs, à l'horizontale, au-dessus des taches humaines.

Tout le monde est là, de façon bizarre, un peu grotesque.

Et même pour un étranger, passant devant, n'y connaissant rien, cela saute à la gorge, aux yeux et au cœur que l'atmosphère est saturée, poisseuse, malsaine. Il faut un temps pour se dégager de la fascination morbide qu'exerce le tableau sur les sens, pour justement essayer d'en trouver un et oser s'en dégager, partir.

A cet instant-là, il ne reste pour les Concertistes qu'une chose à faire, avant d'appeler la cavalerie, que ne soient transportés les ossements, le corps de Marie et que tout s'efface comme par enchantement. Trouver là où le jeune Brasse était tombé, là où sa tête avait chu, là où une pierre entachée devait encore se trouver. Ils se doivent de la préserver, l'emballer, l'emporter, la faire expertiser, n'y trouver aucune empreinte de doigt, ni aucun autre ADN que celui du gamin.

Cela seul suffirait à confirmer la thèse de l'accident, que tout s'était passé comme La Marie avait dit. Elle avait parlé de 100 mètres tout au plus, d'un vieux pneu et d'une cocote minute trouée par le fond, elle avait rajouté que les vêtements du gamin y étaient encore, dans un sac posés dessus ou à côté, enfin pas loin, Elle ne savait plus, Elle n'y était pas retournée depuis.

Pour le transport, Elle avait utilisé la chariote bleue, celle qui n'avait plus de pneus, juste une boite et un manche que dans le temps ça suffisait mais que là, elle avait failli y laisser sa peau.

 Alors eux trois, chacun dans leurs pensées, le regard aléatoire, sans oser se lever, se mettre à chercher vraiment, gardaient en mémoire ces derniers mot, se les répétaient. Ceux par qui l'histoire se clôturait seraient peut-être aussi ceux par qui la Marie serait réhabilitée. Enfin.

Dimanche

*Dans une avalanche,
aucun flocon ne se sent jamais responsable.*
Voltaire.

Matin

Un ciel d'hiver limpide, tendu comme un grand drap bleu, aussi loin que porte le regard, nul liseré blanc, ni trainée, ni trace, plutôt un soleil franc, un horizon ouvert, un froid givrant.

La vie de nouveau en pleine lumière, sans ombres trainantes, dormantes, fuyantes ou en pourriture stagnante quelque part, attendant d'être rejetées, vidées, nettoyées. Au moins aujourd'hui dimanche, jour du seigneur, du repos, du calme.

Comme l'avait souhaité la Marie.

Pourtant, au lieu-dit Les Grands Chatelliers, c'est l'agitation, des rubalises s'enroulent autour des troncs sur presque 500 hectares, toute la zone est piétinée par des agents en blouse blanche, des chefs, des Képis, des cols blancs.

Et évidemment, IL, Elle, On, Eux, Tout le monde, Personne, Les autres, La mère, Le Jules, Le grand-père, L'aube noire, Les fantômes, peut-être l'âme du Sylvain et déjà celle la Marie.

Tous réunis pour le grand final, la dernière confrontation.

Les chats, eux, ont déguerpi, cachés en bordure de tout ce remue-ménage, dans l'attente de revenir bien après, demain ou après-demain, dans une semaine ou quinze jours, en même temps que seront dites trois messes pour trois tombes creusées.

Marie, Hélène et Hans, trois sépultures dignes de ce nom, trois vies réhabilitées.

Une sorte de divinité enfin exorcisée.

C'est-à-dire aussi trois histoires racontées le plus simplement possible.

C'est ainsi qu'Anne-Sophie et les Concertistes l'ont décidé, privilégier le factuel, le simple. Le concret, le légitime.

Ils sont venus, ils ont vu mais non, ils n'ont pas vaincu, seule la chienne de Mort a gagné comme toujours.

Ils se sont résolus à ne pas trop en dire, la soi-disant folie des enfants, les voix, le don et la malédiction ont été passés sous silence.

Juste s'en tenir aux faits :

Le double assassinat en 1944.

La mise au ban de La Marie, trouvée agonisante à leur arrivée.

Le jeune Sylvain terrassé en pleine nuit. Accident neuropsychiatrique ou épilepsie ? Causes et suites des ECT à répétition ?

Seule une seconde autopsie pourrait le dire, eux ont passé le relais.

Après avoir trouvé la pierre et les fringues et la carriole, les analyses le prouveront, La Marie n'y était pour rien. Des empreintes partout mais certainement pas sur le caillou.

Le Sylvain mort de sa belle mort, c'est tellement plus simple.

A qui donc à présent servirait une vérité plus ample ? Même la vieille bique a lâché prise dans la nuit de vendredi à samedi. Ne reste plus personne à punir. Et de quoi ?

Après-midi

- Mais de tout, au contraire, de tout s'énerve Bastien. Ce n'est pas tant la punition, c'est ce gâchis, cette énorme injustice, bien sûr, dans les faits, il est mort seul le gamin, 79 ans après la guerre, youpi, v'la le ricochet de ouf, celui qu'on n'attendait plus, le dernier domino ! Et bim, tombé comme un con en plein champ de bataille parce qu'un connard a cru bon faire justice lui-même, tuer un boche pour venger son frère mort, son ami cocufié… elle est belle la France… et je ne parle même pas du Grand Machin Chose et de ces bzzzzzz à répétition, passé sous silence ça aussi... Un gros amalgame de tout, on secoue un peu et vive la vie qui joue avec les uns et les autres, un peu de ci, un peu de ça, tout le monde y met son grain de sel et qui sait qui trinque ?

Anne-Sophie et Pierre écoutent sans entendre, regardent sans voir. Ça fait déjà un bon moment que Bastien tourne en boucle comme un enragé, acculé, son départ est prévu dans moins de deux heures, alors évidemment, devoir tout laisser en l'état, même si l'état est bouclé, entre d'autres mains - c'est bien un accident, point barre - ça le fout en rogne.

- Non parce qu'un accident comme ça, c'est quand même de la veine de cocu, vous me direz, ça tombe bien, tout est parti de là mais quand on y pense, et putain, je dois être le seul à encore essayer, c'est loin d'être aussi simple. Personne assurément n'a assassiné le jeune garçon et pourtant, dans les faits, l'agencement des causes et conséquences, le grand charivari du temps et des émotions, c'est un fait que tout le monde a bel et bien participé à ce qu'on en arrive là, le grand-père qui a tué, enterré, caché, abandonné, lâchement, le village qui s'est tu, chacun à son niveau, à sa manière, La Marie qu'on a à l'époque refusé d'entendre et puis l'accident du père, le suicide de la mère, l'internement du Sylvain…. N'en jetez plus là-haut… Et pourtant il n'y aura ni procès, ni jugement, ni peine. La chienne de Mort les a réduits à cela, des pronoms, des faits, des dates, On, IL, Personne, Tout le monde, Lui, Elle, rien que des entités, des anonymes et tout le monde s'en fout…

C'est leur dernier café, tous ensemble chez Anne-Sophie et d'une façon ou d'une autre, chacun le sait, leurs chemins se séparent.
Bastien partira tout à l'heure.
Pierre dans les semaines à venir.
Anne-Sophie jamais.
Elle fait comme le grand immobile, elle se tait, attend, laisse la colère de Bastien se déverser pour eux, se dit qu'il a de la chance de savoir faire cela, elle, elle a envie de pleurer mais se retient.

Chacun a sa façon d'encaisser.
De Survivre :
- Rester ici, avec tout ça au creux du ventre, dans les souvenirs.
- Partir refaire sa vie en Amérique.
- Rejoindre sa famille et croire qu'on oubliera.

Rien de meilleur ou de pire dans ces trois chemins, juste une vie à vivre, le temps imparti, c'est plus que ce que n'aura jamais Le Sylvain.
Alors quoi, tout ça pour ça ?!?

Epilogue

Tout ça pour que le soldat Hans Meyer reçoive une sépulture, que quelqu'un fasse des recherches, tente une réhabilitation même sans espoir, avec si peu de chance d'y arriver, afin qu'il ne reste pas dans les ténèbres le sale boche mais bien un homme.

Tout ça pour que l'Hélène ne soit plus une pute à boche, ni une disparue qui aurait abandonné sa fille mais bien une femme, une mère, une épouse qui aurait vécu, fait des choix.

Tout ça pour que La Marie retrouve une dignité, un nom entier, une place au cimetière du village, qu'elle rejoigne ses étoiles bien aimées, les arcanes du grand monde et tout le savoir qui va avec.

Tout ça pour que le Jules n'ait pas attendu tant d'années, seul, sur son pont, qu'un jour s'effacent les traces creusées au sol par tant de douleur et d'abnégation.

Ce qui déjà là, pour ce quatuor, est énorme. Des injustices ont été réparées, pas défendues mais réparées, ce n'est pas toujours le cas.

Tant qu'un membre d'une lignée reste en vie, les ombres sont au travail, perpétuent l'héritage. Qu'un seul d'entre eux se rebelle, cherche justice, trouve réponse et les ombres s'évanouissent, la lignée épurée peut disparaitre dans le cosmos, être accueillie ailleurs, transmutée peut-être, réinjectée autrement. Personne ne sait.

En tout cas les dettes ont été soldées.

Alors oui tout ça aussi pour justifier la mort du jeune Brasse, pour que ces divagations trouvent réconfort, que les ombres s'éloignent, qu'elles meurent enfin, dépossédées de leurs chimères et que sa mère et son père s'en trouvent apaisés.

Tout ça pour que le grand-père soit reconnu pour ce qu'il était. Un assassin.

Tout ça pour que le Grand Professeur choisisse quelques jours plus tard l'option de se tirer une balle et advienne que pourra. Son ombre n'en a pas fini avec lui, sa lignée en subira les foudres. On peut supposer que pour le centre de Thaas, un futur directeur laisse tomber au moins une majuscule sur les deux et qu'Il sache apporter le meilleur soin et l'écoute la plus constructive possible. On peut espérer.

On, Personne, Tout le monde, c'est un peu le grand foutoir, l'utopie de croire qu'il en sortira un Je ou un Tu pour changer la donne.

Tout ça pour que Mademoiselle Lacoste ne meure pas de honte, ose parler, dire, avouer et qu'un certain ordre soit rétabli.

Dans les faits, elle se rapprochera d'Anne-Sophie et pour toutes les deux ce sera une consolation énorme.

Tout ça pour que la jeune femme de la bibliothèque poursuive son chemin, en ayant commis une bonne action, participé à ce grand tout, possible que les ombres ne l'assaillent jamais et qu'elle vive longtemps, peut-être encore dans une autre histoire.

Tout ça pour en finir avec les autres qui sans cesse grenouillent, cancanent et magouillent, qui pourraient tout aussi bien être toi ou moi, des bipèdes qu'on dit évolués.
C'est encore à confirmer, n'est-ce pas ?

Tout ça pour que l'aube noire n'apparaisse plus ou moins souvent, pour que la chienne de Mort se repose, pour que le chemin soit plus doux aux bêtes et aux hommes et pour que les fantômes s'évaporent

Tout ça pour que des hordes de chats trouvent refuge, toujours, qu'importe la soupente ou le logis 3 étoiles, juste un peu de chaleur et toute la bonté qui va avec, n'en déplaise aux pourfendeurs du syndrome de Noé.

Tout ça pour que Pierre prenne enfin la mesure de ses envies, partir, voyager, mettre un grand écart entre lui et la chienne de Mort, il sera toujours temps, à la toute fin, de la retrouver.

Tout ça pour que Bastien retourne auprès des siens, sans nostalgie et trouve le courage de faire le deuil de son duo, de son métier, et s'engage sur une autre voie.

Tout ça pour que Julie s'en trouve heureuse et reste avec lui jusqu'à la fin.

Tout ça pour que Marc-Antoine gagne enfin le parrain qu'il mérite.

Tout ça pour que Anne-Sophie et là, peut-être bien, que l'histoire ne peut pas le nommer. C'est elle qui mettra le plus de temps à digérer tout ça. Dans sa grande naïveté, son bon cœur, sa vulnérabilité, son innocence, elle est celle qui a été mise le plus à rude épreuve. Elle va continuer de choyer tous ses morts comme ses vivants, à pied d'œuvre chaque jour que Dieu fait jusqu'au bout, sans partir jamais, comme un phare dans la nuit, bouleversée des années après quand elle se souviendra et alors, oui, peut-être tout ça pour qu'elle reste la dernière à honorer une mémoire que tous les autres finiront d'oublier.

Et enfin,
Tout ça pour que le dernier mort soit le final, au moins dans cette histoire.
RIP gamin, cher Sylvain, tu peux être fier de toi, tu nous as sacrement fait voyager et grandir, peut-être même, aimer un peu mieux la vie.

Merci.

Si passagère soit la vérité,
Et même, croit-on, anodine…
Il nous faut la débusquer chaque jour,
Puis l'assumer.
En faire une condition d'Homme.

Tout est toujours sur mon site :

https://www.louvernet.com

…

Ou sur FB :

https://www.facebook.com/RomanLouVernet

…

Et même par mail :

louvernet67@gmail.com

…

N'hésitez pas à laisser vos commentaires :
Sur FB ou sur les sites :
Amazon.fr – Fnac.com – Babelio.com – etc